두 번째 원고

사□계절

함
윤
이

2022년 서울신문 신춘문예에
「되돌아오는 곰」으로 등단했다.
다원예술 프로젝트『서울집』을
기획 및 집필했으며, 스튜디오 '목소'와
'풀옵션'의 텍스트를 맡고 있다.

규칙의

세
계

등장인물

+ 아심, 레몬 또는 펑, 리, 프란, 루카스, 실비아

+ 이름 모를 이방인, 구렁이들

+ 성준

첫 시작은 펑의 문턱 밟기였다. 아니, 일단은 레몬의 문턱 밟기라고 해야겠지. 한국에 온 이후 펑은 자신을 레몬이라 불러달라고 주야장천 요구했다. 셰어하우스 사람들이 그 이름에 익숙해지기까지는 꽤 시간이 걸렸다. 한동안 리나 프란은 레몬을 부르다 웃음을 터뜨리곤 했다.

　　레몬은 이 집에 오자마자 사랑에 빠졌다. 방문을 열고 나온 아심을 본 순간부터였다. 아심은 셰어하우스 사람들 중 가장 키가 컸으며 손발도 길쭉했다. 두피에 바싹 닿도록 깎은 머리는 진한 오렌지색. 아심의 일과는 반듯하고 단순했다. 오후 4시면 카페 아르바이트를 마치고 돌아와 한 시간 동안 운동을 했다. 그날도 그는 러그 위에서 한쪽 팔과 다리를 든 채 플랭크를 했다. 엉덩이와 팔뚝이 팽팽해지고, 검은 이마 위로 흰 땀이 흘러내렸다.

　　레몬은 문틀에 기대선 채 그를 보았다. 아심의 허벅지가 제 몸의 무게를 버티려 둥글게 부풀자 레몬의 입술이

함
운
이

7

서서히 벌어졌다.

내려와, 레몬.

레몬은 화들짝 소리쳤다. 나? 아심은 양손으로 바닥을 딛고 일어나며 말했다. 지금 내 방 문턱을 밟고 있잖아. 레몬은 발뒤꿈치를 확인하고 얼른 물러났다. 아심이 소파에 널어 둔 수건으로 이마를 닦았다. 땀에 젖은 얼굴에 짙은 그늘이 졌다. 아심이 물었다.

이런 젠장, 너 이게 무슨 뜻인지 몰라?

레몬은 제 양손을 붙잡고 눈을 굴렸다. 아심이 한 번 더 말했다. 너도 아시아인이잖아. 레몬이 더듬거렸다. 응, 하지만 우리나라에서는 이게 딱히……. 아심은 수건을 뒤집어 쓰지 않은 면으로 문턱을 문질렀다. 그가 말했다. 남한에서 그 사람의 방 문턱을 밟으면, 그 집안에서 가장 나이 든 사람 목이 밟히게 돼. 비유가 아니라 실제로. 레몬이 입을 감쌌다. 나 정말로 몰랐어. 너무 미안해. 아심은 대답 대신 휴대폰을 꺼내어 전화를 걸었다.

헤이.

아심은 한동안 레몬이 이해할 수 없는 언어로 떠들더니 더욱 어두워진 표정으로 전화를 끊었다. 레몬이 축축해진 손을 치마에 문지르며 물었다. 어때, 뭐라셔? 아심이 한숨을 내쉬었다. 할머니 기침이 심해졌대. 뭔가 해야겠어. 레몬이 소리쳤다. 내가 책임질게. 내 잘못이니까. 문턱 얘기는

몰랐지만, 이럴 때 뭘 해야 좋을지는 알아. 아심이 레몬 앞에
섰다. 레몬은 눈을 내리깔았다. 고라니처럼 길고 얇은 발이
보였다. 그래서 어떡할 건데. 발 주인이 물었다. 레몬이 치마
에 묻은 땀자국을 숨기며 말했다. 돌탑을 쌓아야지.

　　위층에서는 리가 앓고 있었다. 과자 부스러기와 금빛
머리카락이 뒤엉킨 담요 속에서 제 귀를 마구 비벼대는 중
이었다. 괴로워. 리가 말했다. 맞은편 소파에 앉은 실비아는
느릿느릿 손톱을 깎고 있었다. 그거 알아? 실비아가 말했다.
　　일본에서 해가 진 뒤에 손톱을 깎으면 부모 임종을
볼 수 없게 된대. 거긴 가면 안 되겠어.
　　리는 돌아누우며 웅얼거렸다. 목말라. 몸속이 바짝바
짝 갈라지는 것 같아. 실비아가 공책 위에 떨어트린 손톱들
을 한데 모아 쓰레기통에 쏟았다. 떨어진 손톱들이 작은 돌
처럼 도르륵 소리를 냈다. 물론 여기서도 조심은 해야지. 실
비아가 덧붙였다. 쥐가 먹었다가는 큰일 날 테니까. 리는 몸
을 둥글게 말면서 끙끙거렸다.
　　실비, 이대로 가다간 난 죽을 거야.
　　말끔히 다듬어진 손이 리의 목을 잡았다. 리. 실비아
가 부드럽게 말했다. 불평만 할 거면 왜 한국에 왔니? 리가
대답했다. 이렇게까지 뭐가 없을지 몰랐어. 암시장이라도
있으려니 했다고. 실비아는 푸르스름하고 야윈 룸메이트의

얼굴을 내려다보다가 그 목에서 손을 뗐다. 할 수 없지, 나가자. 리가 물었다. 어딜 가? 실비아는 어깨를 으쓱였다. 버섯을 구하러 가야지. 리가 벌떡 일어나 앉았다. 여태 우묵히 잠겨 있던 눈이 희번덕거렸다.

너…… 리가 더듬거렸다. 브로커를 알아? 왜 지금까지 알려주지 않았어?

브로커 같은 거 몰라. 버섯이 어디 있는지 아는 것뿐이야.

리는 이제 침대 위에서 뛰기 시작했다. 그러니까 버섯이 어디에 있느냐구, 젠장. 그가 펄쩍대며 커피 얼룩이 진 티셔츠와 농구용 반바지를 벗어 던졌다. 헐렁한 체크무늬 팬티와 깡마른 다리, 수북한 금빛 털이 고스란히 드러났다. 실비아는 눈썹을 찌푸렸다. 해외에 살면 얘보다는 더 멋진 친구를 사귈 줄 알았는데. 그는 생각했다. 하지만 어쩌겠어. 우정도 운명이라고 하던걸.

버섯이야 당연히 숲에 있지. 긴 바지 입어, 리. 나가자.

주말마다 산에 오르는 실비아와 달리 리에게는 등산에 알맞은 옷이 없었다. 그가 가진 것이라곤 골반에 겨우 걸쳐지는 청바지와 5년 전 유행하던 농구화, 한때 이 방에 살던 아심이 남기고 간 땀복이 전부였다. 리는 얼기설기 옷을 걸치고 2층 주방으로 갔다. 물때가 낀 보온병을 꺼내고 그 안에 끓는 물을 부은 뒤 말했다. 난 준비 끝났어. 완벽한 등산복 차림으로 갈아입은 실비아가 가방에 헤드 랜턴을 넣었다. 조심해야 해. 규칙만큼은 아니어도, 한국은 법이 엄격한 나라니까. 들켰다간 비자 연장은 하지 못할 수도 있어. 어쩌면 네게 그 편이 더 좋을지도 모르겠다, 리.

리는 계단 난간을 타고 1층으로 내려갔다. 그는 내려오는 실비아를 향해 말했다.

아니야, 실비. 나는 한국을 좋아해. 규칙이 있는 건 신도 있다는 뜻이라지. 신은 우리를 가여워하고, 나는 누가 나를 불쌍하게 여기는 게 좋아. 버섯만 있으면 돼. 그러면 평생 여기서 살 수도 있어.

1층은 텅 비어 있었다. 아심이랑 펑은 어딨지? 리가 묻자 실비아가 어깨를 으쓱였다. 저녁 먹으러 갔나 보지. 그리고 레몬이라 불러. 본인이 그렇게 부탁하잖아. 리가 낄낄거렸다. 아시아인들은 왜 그렇게 가짜 이름을 못 만들어 안달이람. 레몬이라니, 누가 그딴 이름으로 불리려고 한단 말이야. 실비아가 현관문을 열며 말했다. 한국까지 와서도 약 때문에 징징대는 너보다는 나아. 리가 빙긋 웃었다. 그의 미소에는 어린 소년처럼 천진한 구석이 있어, 마주한 이의 마음을 도리 없이 녹이곤 했다.

실비. 오늘은 온종일 욕해도 돼. 버섯이 있는 장소만 알려준다면야.

리가 마당을 가로지르며 노래를 불렀다. 친절한 가정

교사와 일곱 아이가 등장하는 뮤지컬 영화의 주제가였다. 노래는 리와 실비아가 골목의 공용 자전거를 빌려 페달을 밟을 때까지 계속됐다. 실비아는 리의 자전거 바퀴를 한 번 걸어차고, 휴대폰으로 지도를 켰다. 국사봉國社峰까지는 약 20여 분을 달려야 했다.

레몬과 아심은 리와 실비아가 내려오기 직전에 집을 나섰다. 현관문을 열자 프란이 서 있었다. 안녕. 프란이 말했다. 양손에 터질 듯 가득 찬 장바구니를 든 채였다.

프란! 레몬이 반색하며 그의 손을 붙들었다. 우리 좀 도와줄래. 산에 가야 해. 빠를수록 좋아. 차를 태워주겠니?

프란은 피로를 숨기지 못하고 미간을 찌푸렸다. 그러나 곧 규칙 하나가 그의 머릿속을 지나갔다. 한국에서 은혜를 갚지 않는 자는…… 어떤 식으로든 불운을 맞닥뜨리게 된다. 프란은 제 방에서 물이 샌 날 레몬이 어찌나 열정적으로 자신을 도왔는가 기억했다. 바지가 젖어가는데도 개의치 않으며 방바닥을 닦고 벽에 곰팡이 제거제를 뿌렸지. 혹시 이렇게 부탁할 날을 위해 먼저 준비했던 건 아닌가. 프란은 어떤 생각도 드러내지 않기 위해 벙긋 웃고는 턱짓으로 마당 한쪽에 세워둔 차를 가리켰다.

뒷좌석에 뭐가 좀 많긴 한데, 대충 옆으로 밀어놔.

아심이 뒷좌석에 앉았다. 조수석에 탄 레몬이 자리를

양보하려 했지만, 그가 귀찮다는 듯 휘휘 고개를 저었다.

세어하우스에서 국사봉까지는 차로 약 10분 정도 걸렸다. 프란은 방향 지시등일랑 전혀 켜지 않은 채 골목을 질주했다. 그가 차 안의 거울로 아심을 살피며 물었다. 왜 산에 가려는 건데? 아심은 뚱한 얼굴로 창밖을 보았고, 레몬은 그의 눈치를 살피다가 말했다. 내가 아심 방 문턱을 밟았거든…… 그래서 돌탑을 쌓으려고 해. 프란이 아, 외마디 소리를 질렀다.

그거 진짜 짜증나는 규칙이야. 어기기 쉬운 것치고 위험 부담도 크지.

자동차가 덜커덕거리며 대로로 들어섰다. 프란은 계속 말했다. 집에 아픈 사람이 없을 때는 별일 없이 지나가는데, 몸이 안 좋은 어른들이 있으면 바로 효과가 나타나더라구. 레몬이 뒤쪽을 흘끔거렸다. 아심은 뒷좌석에 가득 쌓인 상자 속을 들여다보고 있었다.

프란, 대체 여기에 뭘 이렇게 쌓아둔 거야?

아심이 상자에서 종이 한 장을 꺼내 들었다. 노랗고 얇은 종이로, 한가운데 붉은 글자들이 적혀 있었다. 레몬이 말했다. 부적이구나. 프란이 이번에도 지시등 없이 핸들을 틀며 말했다. 맞아, 한국에서 그게 그렇게 잘 먹힌다며? 큰맘 먹고 여러 개 샀지. 건강하게 오래 살게 해달라고 빌고 있어. 아심은 손잡이를 잡으며 말했다. 그보다는 깜빡이를 켜고 운전하지 그래.

　차는 산 초입의 주차장에 멈춰 섰다. 프란이 말했다. 여기서 기다릴 테니까 얼른 탑 쌓고 와. 아심이 먼저 내렸다. 레몬은 차 문을 열다가 급작스레 몸을 돌리고 프란을 끌어안았다.

　너무나 고마워, 프란. 너는 좋은 친구야.

　프란이 머리를 긁었다. 그의 입술과 눈썹이 가늘게 꿈틀거렸다. 차에 홀로 남은 프란은 창에 비친 얼굴을 들여다보았다. 피로한 얼굴의 여자가 보였다. 각진 턱에 새겨진 파란 문신은 프란의 나라에서 무엇보다도 강한 부적이었다. 부적을 새긴 이들은 평생 강하고 정의로운 이로 산다고들 했다. 프란은 차창을 내렸다. 산속으로 달려가는 레몬과 아심의 뒷모습이 보였다. 이따가 저녁이라도 만들어줘야겠어. 프란은 생각했다. 이번에야말로 아무 조건 없이, 규칙 따위 생각하지 말고 요리해야지.

　그가 어떤 요리를 할까 골똘히 생각하던 와중, 차로부터 멀지 않은 자리에 자전거 두 대가 멈춰 섰다. 스포츠 백을 목에 건 리와 등산 가방을 멘 실비아가 자전거에서 뛰어내렸다. 리는 휘청대면서도 놀라우리만치 빠른 속도로 달려 산속으로 들어갔다. 실비아가 그 뒤를 쫓았다.

　프란은 차창 밖으로 목을 뺀 채 그 모습을 지켜보았다. 그들이 숲속의 어둠으로 사라질 즈음, 재킷 주머니에서 진동이 울렸다. 프란은 휴대폰을 꺼냈다. 루카스의 이름이 화면에 떠 있었다. 헤이, 루카스. 그는 몇 마디 인사를 건넨 뒤 말했다. 혹시 여기 올 생각 있어? 지금 좀 이상한 일이 벌어지는 것 같은데.

　　루카스는 명실상부 우리 셰어하우스에서 가장 큰 사고를 친 사람이었다. 이사 날 그는 아름다운 원형 거울을 등에 지고 거실에 들어섰다. 그의 짐 가방에는 몇 해간 이어진 세계 여행을 증명하는 온갖 기상천외한 물건이 들어 있었으므로, 누구도 거울의 출처를 의심하지 않았다. 유라시아 어느 시장에서 사왔겠거니 생각했을 뿐이라고 했다.

　　거울은 적당히 크고 가벼웠다. 어디에 놓아도 중심을 잘 잡고 섰다. 가장자리에는 초록색 염료로 칠한 유리 넝쿨이 반짝였다. 루카스는 거울을 1층 거실 옆, 즉 현관과 소파 사이에 놔두었다. 집을 나서기 전 자신의 모습을 살피기 딱 좋은 위치였다.

　　거울의 부작용은 서너 달 후에야 드러났다. 셰어하우스 곳곳에서 이방인을 봤다는 사람이 생겨난 것이다. 아무도 초대하지 않은 사람, 누구도 부르고 싶지 않을 사람, 늙고 구부정하며 눈 밑 그늘이 짙은 남자가 집 곳곳에서 나타났다.

　　가장 먼저 이야기를 꺼낸 이는 아심이었다. 아심은

거의 10년을 한국에서 살았다. 그동안 그는 한국에선 아주 약간이라도 의심이 들면 곧장 말해야 한다는 사실을 깨우치게 되었다. 그렇지 않으면 작은 씨앗에 불과하던 저주가 무럭무럭 자라나 고속도로의 칡처럼 언덕 전체를 뒤덮을지도 몰랐다.

이 집에 낯선 사람이 돌아다녀.

그가 이방인의 인상착의를 설명하자 실비아가 물었다. 리를 잘못 본 건 아냐? 모두 웃음을 터뜨렸다. 이미 사랑에 빠진 레몬만이 아심의 얼굴에 깃든 진지함을 읽고서 걱정스러운 눈길을 보냈다. 실비아가 말을 이었다. 아니, 봐봐. 눈 밑에 그늘, 구부정하고, 어슬렁어슬렁 걸어. 완전히 리잖아. 아심은 실비아를 보지 않고 말했다.

아니야, 리는 젊잖아. 늙음을 지워낼 수 없듯이 젊음도 쉽게 지워지지 않아. 리처럼 퀭하고 초라한 인간일지라도 어느 정도 젊음을 가진 이상 묘한 싱그러움을 풍기기 마련이지. 그런데 그 남자에게는 그런 게 없었어. 그건 늙은이였어. 완전히 낯선 인간이었고.

리는 폭언일랑 아랑곳하지 않고 맥주 한 캔을 따서 훅 들이켰다. 아직 리가 맥주나 담배로 어느 정도 갈망을 달랠 수 있던 때였다. 그는 거품이 묻은 입을 닦으며 말했다. 너는 낮잠을 좀 자는 게 좋겠다. 맨날 근육만 조지니까 헛것을 보는 것 아냐.

그날은 아심을 제외한 모두가 싱거운 웃음을 흘리며 흩어졌다. 그러나 몇 주가 지나자 상황이 변했다. 이방인을 본 사람이 늘어난 것이다. 모든 증언의 세부 묘사가 일치했다. 늙은 남자, 훅 풍기는 비린내, 검고 긴 옷과 녹색 슬리퍼. 주름진 얼굴이며 깐깐한 표정은 분명 '한국인'의 것이었다. 그는 계단참이나 벽장 앞 혹은 현관 뒤처럼 그늘진 자리에 서서 사람을 빤히 쳐다보다가 사라졌다. 사람들은 다시 거실에 모였다.

솔직히 말해.

루카스가 거실 한가운데 놓인 원탁을 짚으며 말했다.

누군가 규칙을 어긴 거야. 그렇지 않으면 저런 게 여기 쏘다닐 리가 없어.

다들 서로의 얼굴을 살피고 입을 비죽였다. 루카스가 계속 말했다. 내가 세계를 돌아다니면서 배운 건 하나야. 모르는 건 잘못이 아니란 거. 그저 배우면 돼. 그러니 다들 최근에 한 일들을 말해봐. 사소한 것까지 꺼내보라고.

프란부터 시작했다. 며칠 전 별생각 없이 붉은 펜으로 편지를 썼는데, 다행히도 이름을 쓰기 직전 글씨 색깔을 깨닫고 멈추었더랬다. 다들 붉은 펜이란 단어에 숨을 들이마셨다가, 이내 가슴을 쓸어내렸다. 리가 말을 받았다. 난 잘못할 게 없어. 술밖에 안 마시니까. 밖에서는 춤추고 뽀뽀만 해. 실비아가 그의 말이 사실이라고 증명해주었다. 반면 자신은 최근 작은 실수를 저질렀다고 했다. 산중의 절에 갔다가 불상에 등을 보였다는 것이었다. 프란이 물었다. 등을 보이는 게 왜? 아심이 끼어들었다. 신이나 붓다에게 등을 보이는 건 버릇없는 짓이거든. 그래도 문제는 없을 거야. 내가 이 집에서 매일 기도를 드리니까. 그는 거실 모퉁이에 놓아둔 작은 상을 가리켰다. 그 위에 놓인 성모상에는 조그만 묵주가 걸려 있었다. 일렁이는 양초 불빛이 성모의 얼굴을 비췄다. 사람들은 성모상과 불상 중 어느 쪽 힘이 더 강한지 입씨름하기 시작했다. 레몬이 소리치기 전까지 그랬다.

저기 좀 봐!

이방인은 현관에 서 있었다. 거울에서 몇 발짝 거리를 둔 채 음울한 표정으로 사람들을 보았다. 치렁거리는 겉옷은 새까맸고, 몇 치수가 큰 듯한 슬리퍼는 초록색이었다. 쭈글쭈글한 얼굴과 처진 눈꺼풀부터 누런 앞니 모두가 의심할 바 없이 '한국인'다웠다. 그의 얼굴은 눈이 마주친 순간부터 뒤틀리기 시작했다. 웃음인지 설움인지 알 수 없는 표정으로 입을 벙긋거리더니, 반응할 새도 없이 획 몸을 돌려 거울 속으로 들어갔다. 거울은 빛을 빨아들이는 그림자처럼 이방인을 삼켰다.

저게 뭐야. 리가 소리쳤다. 저 거울로 들어갔잖아.

거실의 모든 눈길이 루카스에게로 쏠렸다. 전직 여행자의 얼굴이 벌겋게 달아올랐다. 난 몰랐어. 그가 더듬거렸

다. 실비아가 물었다. 저 거울 어디서 가져온 거야? 루카스
는 기어드는 목소리로 답했다.

옆 골목에서 주워 왔는데…… 새것인 데다가 예뻐서.

사람들이 흥분하는 데는 몇 초도 걸리지 않았다. 이
멍청아. 실비아가 말했다. 여기선 거울이나 나무는 주워 오
면 안 돼. 프란이 큰 소리로 말했다. 그런 기본도 몰랐단 말
야? 리는 소화기로 거울을 깨트리려다 레몬에게 제지당했
다. 그럼 더 큰일 나. 레몬은 어색할 만큼 엄숙한 표정으로
거울을 보았다. 그가 말했다.

함부로 깨트리면 앙심을 품을 거야. 종이로 싸서 바
깥에다가 내놓자. 저 자리엔 소금을 뿌릴 테니까, 절대 건드
리지 마.

레몬은 그들 중 유일하게 한국과 이어진 대륙에서 태
어나 자란 사람이었다. 사람들은 그의 말을 따르기로 했다.
그 후 몇 주 동안 현관에는 소금이 봉긋하게 쌓여 있었다. 루
카스는 그보다 더 오랜 시간 어깨를 웅크리고 다녔다. 종종
아무 이유 없이 술과 간식을 사오기도 했다.

그러면서도 호기심은 참지 못했던 모양이다. 내게 전
화를 걸어 다짜고짜 소리친 걸 보니.

성준. 그 거울 기억나? 내가 첫날 가져온 거 말이야.

내가 물론 기억이 난다고 답하자, 루카스는 그간 있
던 일을 빠르게 설명한 뒤 물었다. 어째서 거울이나 나무는

가져오면 안 돼? 창피해서 다른 애들에게는 차마 못 물었어. 나는 버려진 나무에는 전 주인의 온기가, 그리고 거울에는 전 주인의 상狀이 남을 수 있기 때문이라고 대답해주었다. 제기랄. 루카스가 말했다. 그래서 그 할아버지가 거울 속에 남아 있던 거구나.

　　나는 그에게 거울을 어디에 두었는지 물었다. 루카스는 신문지로 거울을 빈틈없이 감아 동네 뒷골목 어딘가에 버려뒀다고 했다. 폐기물 스티커도 안 붙였어? 내가 묻자 루카스가 되물었다. 웬 스티커? 나는 한숨을 내쉬었다. 규칙을 지키느라 법을 어기는 일은 한국에 온 외국인들 사이에서 빈번히 벌어졌다.

　　그거 그대로 버리면 벌금 물어. 지금이라도 스티커 붙여놔.

　　루카스는 그날 저녁 스티커를 들고 거울을 버린 골목으로 갔다. 골목은 텅 비어 있었다. 난 무서워, 할아버지는 어디로 간 걸까? 그날 밤 루카스는 다시 전화를 걸어 말했다. 이래서 성준, 네가 필요해. 목소리에는 얕은 울음까지 섞여 있었다. 우리끼리 사는 건 위험해. 이 나라의 규칙은 너무 복잡하다고.

　　우리는 그로부터 일주일 뒤에 만났다. 루카스는 여전히 울상이었다. 나는 그를 위로하기 위해 내가 저지른 규칙

위반의 역사를 늘어놓았다. 밤에 선풍기를 켜두고 자다가 목이 잘릴 뻔한 적도 있고, 처음 사귄 애인에게 신발을 선물하여 영영 그를 잃었노라고. 겨드랑이가 매끈하던 어린 날에는 손톱을 아무 데나 깎아 놓았다가 그것을 먹은 쥐가 내 주변을 구슬리고 다녀 한동안 고생한 적도 있었다.

다들 그러면서 배우는 거야. 나는 루카스의 등을 두드리며 말했다. 누구나 한 번씩 위험을 넘기면서 적응한다고. 셰어하우스 사람들도 다 그랬어.

우리는 공원 벤치에 나란히 앉았다. 저물녘의 공기는 선선했다. 낙엽 냄새를 품은 바람이 머리카락을 스쳤다. 꽤 많은 사람이 나와 있었다. 광장에서 훌라후프를 돌리고 줄넘기를 하는 아이들, 정자에 모여 손발을 주무르는 노인들, 그리고 돗자리에 모여 앉은 가족.

내가 말을 마친 후에도 루카스의 표정은 쉬이 풀리지 않았다. 그는 덥수룩한 수염과 어울리지 않게 위축된 눈길로 공원을 훑다가 다시 나와 마주 보았다. 그가 물었다.

돌아올 순 없어?

내가 어설픈 웃음을 흘렸다. 루카스는 계속 말했다.

프란도, 아심도, 실비아도, 펑…… 아니 레몬도, 하다 못해 리조차 너를 그리워해. 우리끼리는 여전히 미숙한 점이 너무 많아.

나는 다시 돗자리에 앉은 가족을 보았다. 열 살배기

여자애가 아버지의 무릎을 베고 누워 있었다. 그보다 두어 살 많아 보이는 남자애가 동생의 발바닥을 간지럽혔다. 두 아이를 낳거나 길렀을 여자와 남자가 몸을 흔들며 웃었다. 그들은 지루해 보였고, 그만큼 행복한 듯했다.

루카스, 어쩔 수 없어. 집주인이 더는 매니저를 고용할 생각이 없다잖아. 다시 고용되지 않는 한, 내가 그 집에 들어갈 방법은 없을 거야.

루카스는 고개를 푹 숙였다. 다른 방법은 없나, 읊조리는 얼굴이 지나치게 원통해 보였다. 나는 화제를 돌리기로 했다.

오늘 다른 애들도 부를까? 날도 좋은데 여기서 노상이나 까자.

예상대로 루카스는 대번에 기운을 되찾았다. 좋아, 맥주도 사고 노래도 불러. 그는 여기저기 전화를 걸었지만 모두 긴 신호음만 이어졌다. 네 번째인가 다섯 번째 시도에서야 연결에 성공했다. 루카스는 프란! 외치고서 영어와 스페인어를 섞어가며 떠들었다. 전화기 너머에서는 한동안 오, 오케이, 예스, 굿 같은 말만 들려왔다. 이내 루카스가 입을 다물었고, 잠시 후에는 본인이 오, 오케이, 씨, 굿 같은 대답만 반복했다. 곧 그가 전화를 끊고 나를 보았다.

준, 이상한 일이 벌어지고 있대.

또 거울이라도 주웠대? 내가 물었다. 루카스는 내 어

깨를 장난스레 치고서는 프란이 한 얘기를 전해주었다. 지금 자신을 제외한 셰어하우스 사람 모두가 쿡사봉에 있다고 했다. 국사봉? 내가 되묻자 루카스가 고개를 끄덕였다. 레몬과 아심이 먼저 산으로 들어가고, 그 뒤에 실비아와 리도 들어갔더랬다. 왜일까, 다들 데이트라도 하나?

나는 벤치에서 일어나 뒤를 돌아보았다. 우리가 앉은 공원에서는 국사봉의 뒷면이 뚜렷이 보였다. 석양 속에서 차차 어둑해지는 산을 보자 뒷덜미가 서늘해졌다. 내가 말했다. 좋지 않은데. 루카스가 어리둥절한 눈길을 보냈다. 나는 가방을 챙기며 말했다. 한국의 산에는 정말이지 많은 규칙이 묶여 있어서, 때로는 '한국인'조차 헷갈릴 정도라고. 심지어 지금은 해가 진 뒤였다. 그토록 많은 위험과 조건이 얽히고설킨 곳에 저들이 모여 있으리라 생각하니 아찔했다.

우리는 서둘러 마을버스를 탔다. 국사봉은 버스 종점이라, 도착까지 약 반 시간이 걸렸다. 내 뒷덜미가 차가워지건 말건 루카스는 꾸준히 시끄러웠다. 준, 긴장 풀어. 다들 그냥 놀러갔을 거야. 레몬이 아심한테 얼마나 푹 빠졌는지 알잖아. 드디어 잘 꼬드겨서 으슥한 곳에 간 거겠지. 물론 리와 실비아는…… 글쎄, 실비가 아깝긴 하지만 어쩌겠어.

종점에 내린 후에야 루카스는 좀 조용해졌다. 바로 앞에서 어둠에 파묻힌 산을 보자니 어느 정도 압도당한 듯했다. 우리는 주차장 가장자리를 따라 맴돌다가, 붉은색 차에 기대선 프란을 만났다. 프란은 펄쩍 뛰어오르더니 우리에게 달려왔다. 나보다 머리 하나가 작으면서도, 가뿐하게 나를 들어 올려 한 바퀴 돌렸다.

성준, 이게 얼마 만이야.

오랜만이야.

그렇게 놀러오라고 해도 안 오더니. 요새는 대체 어디서 지내는 거야?

나는 지난 몇 달 동안 머무른 고시원이 얼마나 구석진 곳에 있는지 냄새는 또 어찌나 끔찍한지 설명하는 대신 말을 돌렸다. 들었어, 다들 산에 갔다며. 프란이 등산로 초입을 가리키며 말했다. 응. 넷 다 아주 급하게 가던걸. 걔네끼리 딱히 할 게 있을 것 같지는 않은데 무슨 생각인지……. 나는 프란과 루카스의 손목을 잡았다.

일단 우리도 산에 가자. 우물가에 애들이라도 내놓은 기분이야.

산으로 뛰어가던 중 루카스가 속담의 뜻을 물어보았다. 나는 헐떡거리며 설명해주었다. 대충…… 심장이 조이고 목이 탄다는 뜻이라고. 루카스가 웃었다. 꼭 고백처럼 들린다고 했다.

아심과 레몬은 등산로를 따라 걷고 있었다. 레몬은 난간 너머를 기웃대며 적당한 크기의 돌멩이를 하나둘 주워

모았다. 아심이 물었다. 그런 게 효과가 있다고? 레몬이 말했다. 날 믿어. 그 얼굴이 어찌나 당당하던지, 아심은 입을 다물었다. 레몬이 그토록 확신에 찬 표정을 지을 때마다 아심은 그 역시도 이곳 못지않게 복잡한 규칙의 나라에서 태어났음을 깨닫곤 했다.

같은 시간, 아심과 레몬으로부터 약 50미터 떨어진 공터에서는 실비아와 리가 헤드 랜턴을 쓰고서 바닥을 더듬고 있었다. 그들의 양손이 빠르게 마른 낙엽과 수풀 속을 헤집었다. 집중할수록 허리가 구부러졌고 엉덩이는 높이 치솟았다. 이마에 달린 불빛은 뿌리와 넝쿨 속을 누볐다. 리 쪽에서 먼저 환호가 터졌다.

하느님! 찾았다. 내가 찾았어. 요 예쁜 것들.

그는 풀숲에 고개를 파묻고서 한참 요란을 떨었다. 곧 노란기가 도는 버섯들이 가득 뽑혀 나왔다. 실비아는 그 옆의 풀숲에서 또 다른 버섯을 한 움큼 잘라내며 말했다. 명심해, 리. 도와주는 건 오늘뿐이야. 아무한테도 오늘 얘기는 하지 마. 나는 한국에서 할 게 많다고. 이딴 것 때문에 쫓겨나고 싶지 않아. 리는 주머니칼을 꺼내더니 버섯을 저미고 다지기 시작했다.

나와 루카스, 프란은 공터로부터 80미터 아래로 난 오솔길을 걷고 있었다. 산속에서 부는 바람은 산 아래에서 부는 것보다 더 차가웠으나, 나무 계단을 오르자 금세 몸에

열이 올랐다. 프란은 재차 물었다. 성준, 이렇게까지 할 일이야? 저녁 산행이 뭐가 어때서. 운동하러 간 거겠지. 아니면 데이트거나. 나는 머리를 흔들었다. 이 비합리적인 불안을 어떻게 설명해야 할까. 잠깐 멈춰서 난간을 붙들었다. 거듭 계단을 오르니 온몸에서 땀이 흐르는 데다 숨도 차서 한참 호흡을 골라야 했다. 내가 말했다.

어렸을 때 말이야.

다시 심호흡하고 난간 너머를 살폈지만, 누구도 보이지 않았다. 나는 말을 이었다.

우리 동네에 남자가 하나 있었어. 모든 일에 실패하는 걸로 유명한 사람이었지. 가족도 집도 없는 데다가, 돈은 버는 족족 빼앗기고 매달 실연을 겪었다고 했어. 그 남자가 아침마다 산에 올라 뛰어다니던 게 기억나. 극기로 시련을 이겨내겠다나 뭐라나. 그러다가 어느 날 갑자기 폭삭 늙은 채 동네로 내려온 거야. 하루 전만 해도 꽤 잘생긴 남자였는데, 갑자기 얼굴에 검버섯이 가득하고 머리는 새하얀 늙은이가 됐지. 어른들은 남자가 분명 산의 규칙을 어긴 거라고 했어. 나도 아직 그 사람이 뭘 어겼는지는 몰라. 하지만…….

말은 중도에 끊겼다. 루카스의 비명 때문이었다. 그가 떨리는 손으로 등산로 너머를 가리켰다. 손끝이 가닿는 자리에 조그만 정자가 하나 있었다. 아침나절 산을 오르는 노인이나 주부들이 걸터앉아 쉬는 장소인 듯했다.

루카스가 갈라진 목소리로 말했다. 안쪽을 봐. 오른 기둥 옆 말이야.

나와 프란이 눈을 가늘게 뜨고 정자를 살폈다. 과연 안쪽 기둥에 반짝거리는 무언가가 서 있었다. 길쭉한 타원형 유리 가장자리에 녹색 장식이 새겨져 있었다. 프란이 휴대폰 라이트를 켜자, 빛에 잠긴 우리 모습이 반사되었다.

리는 공터에서 가장 큰 나무 그루터기에 기대앉아 있었다. 준비해온 보온병 안에 고명처럼 저민 버섯을 넣고 잠시 기다린 후 통째로 들이마셨다. 앗 뜨거, 뜨거, 리가 호들갑을 떠는 동안 실비아는 쉼 없이 수풀을 뒤졌다. 그늘마다 버섯이 무성했다. 리는 계속하여 수상쩍은 음료와 거기 담긴 버섯을 홀짝였다. 그의 등이 나무를 타고 서서히 미끄러졌고, 이마와 입술은 땀에 젖었다. 마침내 풀밭에 드러누운 리가 흥얼거렸다.

실비. 나 이제 행복해.

실비아는 버섯을 한 아름 가방에 넣고 지퍼를 잠갔다. 행복한 리, 이제 가자. 실비아가 말했다. 리가 공터를 구르기 시작했다. 집에 가자니까. 리는 그만두지 않았다. 그는 몸을 둥글게 말았고, 풀숲에 코를 파묻은 채 킁킁거리더니 또 다른 버섯을 한 움큼 물어뜯었다. 그러다가 벌떡 일어나 실비아의 등에 올라탔다. 실비아가 주먹으로 그의 코를 치자 리는 벌렁 나동그라졌다. 다시 풀밭에 누운 리가 말했다.

우리 한번 할까?

실비아는 주먹을 쥐지 않은 손으로 리의 뺨을 쳤다. 리는 낄낄 웃고 방귀를 뀌었다. 그가 속삭였다. 전에는 네가 나랑 하고 싶다고 그랬잖아. 실비아는 양손을 털며 말했다. 그땐 네가 이런 약쟁이인지 몰랐지. 지금보다 더 젊고 잘생 기기도 했고. 리는 제 손에 남은 버섯을 보더니 한숨을 내쉬 었다.

이걸 계속했더라면 지금도 젊고 잘생겼을 거야…….

말하는 내내 리는 고개를 좌우로 저었다. 그의 이마 에 달린 불빛이 숲 곳곳을 비쳤다. 실비아가 돌연 비명을 지 르더니 리를 끌어안았다. 리가 입을 맞추기 위해 목을 길게 뺐다. 아냐, 이 얼간아! 실비아가 말했다. 저기 봐. 그 남자가 있잖아. 거울 속 남자 말이야.

리가 느리게 시선을 돌렸다. 실비아가 맞았다. 불빛 이 다다른 자리에 그가 있었다. 이전과 똑같은 모습이었다. 잿빛에 가까운 얼굴이나 휘청거리는 움직임, 검은 옷과 녹색 슬리퍼까지. 이전과 달라진 것은 손에 들린 지팡이뿐이었 다. 실비아가 속삭였다. 저 지팡이 끝에 칼이 꽂혀 있어. 리 는 축축한 흙과 버섯 냄새를 풍기며 속삭였다. 우리 환각을 보는 건 아니지? 실비아가 짜증을 참고 속살거렸다. 버섯을 먹은 건 너뿐이잖아. 내 정신은 맑아. 리의 목소리가 더 가늘어졌다. 진짜라니, 큰일이네. 저 남자에겐 창이 있지만 우리한테는 버섯과 랜턴뿐이잖아.

이방인은 침울한 얼굴로 그들을 보았다. 곧이어 몇 걸음 앞으로 다가오더니 지팡이를 높이 치켜들었다. 오른쪽 어깨를 뒤로 젖히고 왼쪽 발은 앞으로 내놓았다. 무언가를 던지기 직전의 자세였다. 실비아가 중얼거렸다. 한국인들도 창을 자주 쓰던가? 리는 휘파람을 불기 시작했다. 그가 매번 흥얼거리는, 가정 교사와 어린이들의 주제가였다.

실비아가 소곤거렸다. 무슨 짓이야. 리가 잠시 휘파람을 멈추고 말했다. 맞불을 놔야지. 그는 다시 휘파람을 불었다. 입술이 떨리는 것치고는 꽤 선명한 소리였다.

이방인은 움직이지 않았다. 그저 지팡이를 허공에 겨누고 있을 뿐이었다. 뿌연 눈은 그들을 위아래로 훑었다. 메마른 입술이 위아래로 움직였으나 어떤 소리도 들리지 않았다. 실비아는 슬쩍 옆을 보았다. 룸메이트의 얼굴은 여전히 바싹 야위어 있었다. 초점을 잃은 눈과 대조적으로 힘껏 우므린 입술이 휘파람을 이어갔다. 입에 어찌나 힘을 줬던지 주변 근육이 꿈틀거렸다. 실비아는 잠시 머뭇거리다가 곧 그를 따라 휘파람을 불기 시작했다.

아심은 쭈그려 앉은 채 돌탑의 토대를 쌓았다. 레몬이 그 위에 작은 돌멩이들을 올렸다. 돌탑이 자신의 무릎 높이까지 올라왔을 즈음, 레몬이 손을 멈췄다. 아심이 그를 보았다.

왜 그래.

휘파람 같은 거 들리지 않았어?

아심은 글쎄, 답하고서 제 정강이만큼 올라온 돌탑을 살폈다. 이 정도 쌓았으면 돼? 그가 묻자 레몬이 답했다. 열 개는 넘게 쌓았으니 충분할 거야. 이제 기도하자. 생일 케이크 촛불을 불 때처럼 하면 돼. 나도 함께 빌게. 그들이 손을 모은 순간, 한 차례 더 휘파람이 들려왔다. 이번에는 아심 쪽이 손을 내렸다. 레몬이 물었다.

들었어?

응.

누가 한밤중에 산에서 휘파람을 부는 거지. 미친 게 아니고서야……

아심이 쉿, 외치며 레몬의 어깨를 붙들었다. 레몬이 제자리에서 뛰어올랐다. 아심이 앞쪽을 가리켰다. 고개를 돌린 레몬이 입을 벌렸다.

돌탑 뒤에서는 수십 마리의 구렁이가 기어나오고 있었다. 검은색 아니면 노란색이었으며, 두 색이 섞인 것도 종종 있었다. 구렁이 떼는 돌탑의 가장자리를 스치고 나와서 숲 바닥을 꿈틀거리며 기어갔다. 레몬의 손이 허공을 더듬다가 아심의 손을 붙들었다. 그의 손 역시 흠씬 젖어 있었다.

아심이 중얼거렸다. 이게 뭐야. 레몬은 가능한 한 작은 목소리로 말했다. 구렁이야. 한국에도 사는지 몰랐는데. 아심이 발아래를 보며 말했다. 휘파람이 들리는 데로 가는 것 같아.

구렁이 떼는 그들의 발목을 스치고 (아심이 몸을 부르르 떨었다) 발등을 넘어가 (레몬은 눈을 질끈 감았다) 구불텅구불텅 비탈길을 내려갔다. 굵은 몸뚱이들이 마른 잎을 스치고 부서뜨리는 소리가 거듭 들려오더니, 서서히 사그라들었다.

아심은 레몬의 손에서 제 손을 빼냈다. 그는 구렁이들이 간 방향으로 달리기 시작했다. 레몬이 외쳤다. 어딜 가, 기도해야지. 아심이 등산로 난간을 뛰어넘으며 답했다. 아까 그거 실비아가 낸 소리야. 레몬은 그를 따라 달렸다. 아심은 레몬보다 20센티미터는 더 컸으므로, 그를 따라잡기 위해서는 안간힘을 써야 했다. 실비아가 휘파람을 불었다고? 레몬이 묻자 아심이 돌아보았다. 그들의 눈이 어슴푸레한 어둠 속에서 마주쳤다. 아심이 말했다.

그래. 들으면 알 수 있어.

그는 다시 뛰기 시작했다. 레몬은 큰 소리를 내지 않으려 애쓰며 물었다. 어떻게 알 수 있어? 아심은 반쯤 미끄러지듯 비탈길을 내려가며 말했다. 그냥 알 수 있어. 걔가 내는 소리는.

우리 중 휘파람을 먼저 들은 이는 프란이었다. 산속

은 이제 밤바다처럼 빈틈없는 어둠에 잠겨 있었다. 숲 곳곳에 설치된 가로등과 투광등이 켜지자 여윈 빛이 앞을 비췄다. 저기 애들이 있는 것 같아. 프란은 휘파람이 나는 방향을 향해 걷다가 갑작스레 발을 멈췄다. 나와 루카스가 차례로 그의 등에 부딪혔다.

왜 그래, 프란.

프란은 가로등 바로 아래 서 있었다. 노란빛에 잠긴 옆얼굴이 창백했다. 왜 그러냐니까. 루카스가 프란의 어깨 너머를 살피다 헉, 하고 숨을 들이켰다. 나는 루카스와 반대 방향으로 고개를 내밀었다. 목 안쪽에서 숨이 멈추는 게 느껴졌다.

수십 마리 구렁이가 등산로를 횡단하고 있었다. 구렁이들은 빠르고도 부드럽게 움직였으며, 선명한 검은색 또는 노란색으로 빛났다. 그들은 휘파람 소리가 들리는 곳을 찾아가는 듯했다. 정확하게 말하자면 휘파람'들'이 울리는 곳으로.

누구 한 명 신호하지 않았지만, 우리 모두 비슷한 순간 움직이기 시작했다. 각자 휴대폰 라이트를 켜고 등산로 난간을 넘어 뱀들을 쫓았다. 등산로 너머의 숲은 울창하고 물컹거려 금세 신발이 젖었다. 가지를 맞댄 나무들이 자꾸만 얼굴을 쳤고 촘촘한 가시가 난 수풀에 발목이 긁혔다. 휘파람 소리는 점점 가까워졌다.

시야가 트인 순간 우리는 걸음을 멈췄다. 공터 저편에 빛나는 형체 둘이 서 있었다. 그들이 헤드 랜턴을 쓴 실비아와 리라는 사실을 알기까지 몇 초 정도 더 걸렸다. 눈을 깜빡이자 그 뒤에 서 있는 아심과 레몬도 보였다. 우리만큼 빳빳하게 굳은 모습이었다.

실비아와 리의 이마에서 발하는 빛은 같은 방향을 비추고 있었다. 빛 속에 잠긴 남자가 누군지는 물어볼 필요도 없었다. 그는 루카스가 말했던 모습 그대로였다. 주름진 쥐색 피부와 울적한 얼굴, 검은 두루마기에 군용 슬리퍼. 다만 맥없는 얼굴과 어울리지 않게 제법 역동적인 자세를 취하고 있었다. 몸을 한쪽으로 틀고 어깨를 힘껏 젖힌 것이 곧 지팡이를 던질 듯 보였다. 실비아가 계속 휘파람을 불며 지팡이 끝에서 번득이는 칼날을 가리켰다.

구렁이들은 그들 사이에 있었다. 빛나는 머리들과 창을 든 남자 사이에서 어디로 가야 할지 가늠하는 듯 보였다. 리, 실비아. 내가 소리쳤다. 휘파람을 멈춰. 그들은 잠시 머뭇거렸다. 휘파람 소리는 팽팽하게 떨리다가 차차 줄어들었다. 두 사람이 입술을 오므렸고, 숲은 고요해졌다.

구렁이들은 여전히 제자리에서 꿈틀거렸다. 나는 사방으로 고개를 돌렸다. 저쪽에 친구들, 이쪽에 남자, 가운데에 구렁이. 여기서 이용할 수 있는 규칙이 뭐가 있지? 리가 휘파람을 분 것은 어느 정도 적절한 판단으로 보였다. 구렁이들이라면 남자를 상대할 수도 있을 것이다. 문제는 구렁이들에게 남자를 덮칠 생각이 전혀 없어 보인다는 데 있었다.

성준. 루카스가 내 옆구리를 찔렀다. 이방인이 널 보고 있어.

그의 말이 맞았다. 남자는 나를 보고 있었다. 나는 고 갯짓을 멈췄다. 두 개의 불빛에 잠긴 몸이 움직이기 시작했다. 시커먼 검버섯과 은빛에 가까운 머리. 삶의 갖가지 요철과 곡절에 시달린 얼굴. 어쩐지 낮이 익었다. 남자는 지팡이를 내려놓고 내 쪽으로 걸어왔다. 나는 꿈쩍도 않고 서 있었다. 그의 얼굴이 내 눈앞을 메울 때까지. 나도 모르는 사이 질문이 흘러나왔다.

당신이 그 사람입니까?

남자는 답하지 않았다. 코앞에서 마주한 얼굴은 몹시 늙어 있었다. 지나치게 파리하다는 것만 제외하면 서울 광장이나 강변 혹은 골목이나 공원 곳곳에서 흔히 볼 법한 얼굴이었다. 그가 지팡이로 땅을 짚더니 비스듬하게 섰다. 나를 오래도록 응시하다가, 마침내 입을 열었다. 나는 휴대폰 라이트를 켜서 그의 얼굴을 비췄다. 입술은 바삐 움직였지만 소리는 나지 않았다. 남자가 몇 번이나 입을 벙긋거린 후에야 그가 무슨 질문을 하는지 이해할 수 있었다.

너는 한국인이 맞지?

나도 다시 물었다. 당신은 그 사람이고요? 남자가 내

게로 몸을 숙였다. 코끝이 닿을 법한 거리였다. 사방에서 외국인들이 비명을 질렀다. 뺨에 와 닿는 숨은 겨울처럼 찼다. 나는 그의 입술이 다시 움직이는 모양을 오래도록 보았다. 말을 끝낸 남자는 뒤돌아서 원래 있던 자리로 돌아갔다. 도로 몸을 젖히고 지팡이를 뒤로 뻗었다.

루카스와 프란이 뛰어왔다. 괜찮아? 저 남자가 널 먹으려는 줄 알았어. 이내 공터 건너편의 사람들이 달려오더니 내 몸을 붙들고 여기저기 더듬어댔다. 나는 괜찮다고, 문제가 없다고 누차 말한 후 뒤쪽을 보았다. 우리가 온 방향이 보였다. 내가 말했다.

거울을 가지고 와달래.

나는 다시 남자를 보았다. 그가 고개를 끄덕였다. 그것이 신호인 양, 구렁이들이 남자 쪽으로 움직이기 시작했다.

거울은 여전히 정자 안에 놓여 있었다. 각자 역할을 나눠 거울을 옮기기로 했다. 나와 아심, 프란이 거울을 들었다. 앞쪽에서 레몬과 실비아가 헤드 랜턴으로 계단을 비쳤다. 리는 비틀거리며 우리 뒤를 따라왔다. 루카스는 리를 부축한 채 땀을 뻘뻘 흘렸다. 미안해. 그가 연신 중얼거렸다. 모두 내 탓이야, 미안해. 거울을 가져오면 안 됐는데. 나는 고개를 저었다. 누군가 남자를 데려왔다기보다, 남자가 안간힘을 다하여 이곳저곳 더듬은 끝에 우리에게 다다른 것이라 말해주고 싶었다. 그러나 실은 무엇도 확신할 수 없었으므로 나는 입을 다물기로 했다.

우리가 공터로 돌아왔을 때 남자는 한층 엷어져 있었다. 구렁이들은 그의 온몸을 점령했다. 어깨와 목, 팔다리에 휘감긴 수천 개의 비늘이 꾸물거렸다. 날름거리는 검은 혀가 멀리서도 보였다. 구렁이에게 뒤덮이지 않은 곳은 얼굴뿐이었다.

우리는 가능한 한 느리게 그의 앞으로 다가갔다. 헤드 랜턴의 빛 속에 드러난 입도 움직였다. 이번에도 요구는 분명했다. 거울을 깨트려라. 파편을 밟아 베이는 이가 없을 만큼 잘고 가늘게 부수라고.

우리는 뿔뿔이 흩어져 돌을 주웠다. 몇 분 전까지 구렁이들이 모여 있던 자리에 거울을 눕히고 그 주위에 섰다. 양 주먹에는 돌멩이들을 한 움큼 쥔 채였다. 먹구름을 벗어난 달빛 속에서 돌을 던지는 몸들이 선명히 보였다. 내게 여유가 있었다면 옛날처럼 이것저것 설명해줄 수 있을 텐데. 예컨대 한국 민속놀이 중에는 비사치기나 석전 같은 게 있는데, 지금처럼 돌을 던지고 노는 일이었다고 말이다. 그러나 여전히 어떤 말도 내놓을 수 없었다. 한국에서 태어나 한평생 살았어도 한밤중 뒷산에서 거울을 깨부순 적은 처음이었다. 스스로도 낯선 것을 설명할 수는 없었다.

죄책감에 시달리던 루카스와 버섯에 흠뻑 취한 리가

돌 던지기에서 큰 몫을 담당했다. 그들의 돌은 거울에 제대로 떨어지며 쨍강 챙그랑 창강 소리와 함께 유리를 퍼뜨렸다. 돌들이 날아다닐수록 파편은 점점 작아져, 마침내는 달과 전등 빛도 반사하지 못할 정도가 되었다.

그때 남자가 다가왔다. 여전히 온몸에 구렁이를 두른 채였다. 돌을 쥔 이도 던지던 이도 모두 손을 멈춘 채 그를 보았다. 그는 거울 앞에 서더니 고개를 돌려서 나와 눈을 맞췄다. 이번만큼은 목소리가 또렷이 들렸다.

산에서 내려왔더니 너무 많은 게 변했고,

그가 잠시 후 말을 덧붙였다.

나는…… 없었다.

내가 물었다. 뭐라고요? 그가 다시 한번 말했지만, 여전히 가운데 놓인 말이 들리지 않았다. 입 모양 역시 모호했다. 무어라 말한 거였을까? 견딜 수 없다, 버틸 수 없다, 자신이 없다…… 남자는 입 모양을 곱씹을 기회를 주지 않았다. 그는 지팡이를 머리 위로 치켜들더니 틀만 남은 거울에 내리꽂았다. 지팡이는 마지막 유리 조각 위에 꽂힌 채 흔들리다가 지면으로 쓰러졌다. 남은 유리 조각에서 오래된 것이 갈라지는 소리가 났다.

주위를 둘러보았을 때는 남자도 구렁이도 없었다. 공터에 남은 것은 우리와 주인 잃은 지팡이 그리고 어떤 빛도 마주하지 못하는 파편들뿐이었다.

집까지는 프란의 차를 타고 갔다. 4인승 차였기에 다들 서로의 무릎이나 허벅지 위에 올라탔다. 집까지 가는 내내 차 안에서는 각자 다른 대륙의 체취가 뒤섞였다. 다들 어떤 불평도 하지 않았다. 규칙 때문은 아니었다.

성준. 우리가 저주에 걸린 걸까.

대문을 열고 들어갈 때 루카스가 물어왔다. 나는 마당 곳곳에 놓인 캠핑 의자 중 하나에 앉았다. 사람들이 주위에 앉았다. 잘 모르겠어. 내가 중얼거렸다.

그래도 부탁을 들어줬잖아. 나름대로 한이 풀리지 않았을까.

루카스를 비롯한 모두가 '한'이 무엇인지 이해하지 못했으므로 꽤 오랜 시간을 설명하는 데 썼다. 레몬이나 리는 아직 한국어에 서툴렀으므로, 여러 차례 엉터리 영어를 써야 했다.

한을 뭐라 해야 할까. 다 마신 찻잔에 남은 찌꺼기 같기도 하고, 함부로 지울 수 없는 물때 같은 것이기도 해. 영영 사라지지 않는 실연의 상처나 계속 실패한 데서 오는 앙심이라고도 하지. 갑자기 살던 집에서 쫓겨나거나 나도 모르는 새 폭삭 늙어버렸을 때도 한이 쌓이지. 하지만 거울을 깰 때 그는 아주 후련해 보였잖아. 지금쯤 한이 씻겼을 거야.

내 이야기가 끝난 뒤에도 외국인들은 한동안 심각한 얼굴로 앉아 있었다. 그들은 몇 차례 눈길을 주고받았고 이마나 턱을 긁적였으며 고개를 들어 구름에 싸인 달을 보았다.

놀랍게도 아심이 먼저 말을 꺼냈다.

우리랑 살자, 성준.

나는 거울에 갇혔던 남자처럼 입만 벙긋거렸다. 아심이 계속 말했다.

한국에서 일곱은 행운의 숫자랬지. 이 집에 사는 사람의 수를 맞출 필요가 있겠어. 일곱이 살면 이 집도 좀 균형이 맞겠지. 무엇보다, 우리는 여전히 네가 필요해.

아니, 그건 안 돼. 난 해고당했는걸. 월세로 낼 돈이 있는 것도 아니고…….

그건 지금 우선순위가 아니야. 실비아가 끼어들었다. 같이 사는 걸 금지하는 규칙은 없잖아, 그냥 우리한테 와. 네가 우리를 보호할 테니까, 우리도 너를 책임질 거야.

루카스가 캠핑 의자에서 벌떡 일어나 내 어깨를 붙잡았다. 내 방은 텅 비었어, 성준. 그가 말했다. 주워온 물건을 버렸더니 자리가 한참 남거든. 그사이 버섯 차를 몇 모금 더 마신 리가 다가오더니 나를 와락 껴안았다.

나는 숲과 땀의 냄새에 안긴 채, 마당을 한 바퀴 둘러보았다. 서로 아주 다른 세상에서 온 이들, 전연 다른 규칙 속에서 자라온 이들이 마당 곳곳에 앉아 있었다. 지난 세기의 붉은 벽돌로 지은 주택 앞에서. 마주하는 눈동자들은 모두 다른 색이었다. 그들은 나를 친밀하게 여기고 또 필요로

했다. 간혹 애정조차 내주었다. 그런데도 역시 익숙해지기 어려울 만큼 낯선 유전자로 만들어진 얼굴들. 그들과 마주하는 사이 나는 새삼스러운 사실 하나를 깨달았다. 나에게도 서울의 친구 혹은 가족은 이들밖에 없다는 사실을.

　　남자의 목소리가 머릿속을 맴돌았다. 산에서 내려오니 너무 많은 게 변해 있었다. 그는 늙었고 산 아래 사람들은 미숙해졌다. 뒷덜미가 다시금 서늘해졌다.

　　그날 밤 나는 고시원에 들어가 남은 짐을 챙겼다. 몇 시간도 걸리지 않았다.

　　같은 시간, 아심은 침대에 누웠다가 소스라치며 깨어났다. 그는 벽을 보며 중얼거렸다. 돌탑에 아무것도 빌지 못했어. 그는 허겁지겁 셔츠를 걸치고 방을 나섰다. 거실에 레몬이 앉아 있었다. 베란다로 스며든 달빛이 고인 자리에 무릎을 꿇은 모습이었다.

　　레몬 앞에는 얇고 길쭉한 종이가 놓여 있었다. 아심이 다가가자 레몬이 얼굴을 들었다. 아심은 종이를 들여다보았다. 달과 가로등이 뒤섞인 빛 속에 붓펜으로 정성스레 적은 글자가 있었다.

樽

무슨 뜻이야?

내 이름이야.

레몬은 웃으며 말했다. 레몬에도 한자가 있는 줄은 몰랐지? 그가 글자에 남은 물기에 입김을 불었다. 아심은 그 앞에 서서, 레몬이 처음 수입됐을 때만 해도 '영목'이란 나무의 이름을 따서 불리다가 어느 순간부터 '영몽檸檬'이란 이름을 갖게 되었다는 이야기에 귀 기울였다.

아주 낯선 나라에서 온 사물이 어느 순간 타지에 자연스럽게 녹아든 셈이지. 자기만을 부르는 글자까지 생긴 거잖아. 그 점이 좋아서 이 이름을 쓰고 싶었어. 어디서나 이름은 아주 큰 힘을 발휘하니까. 사실상 가장 강한 부적이지.

레몬은 글자를 두어 번 쓰다듬었다. 글자가 다 마른 것을 확인한 뒤 아심에게 건넸다.

이걸 줄게, 아심. 아주 큰 힘이니까 네 할머니도 좋아지실 거야.

아심은 종이를 조심스럽게 셔츠 앞주머니에 넣었다. 잠시 후 그가 말했다.

고마워, 펑.

펑이 자리에서 일어났다. 아심은 펑이 조심스레 문턱을 넘어가는 모습을 보다가 소리쳤다. 펑, 나와 실비아가 헤어진 지는 한참 됐어. 다시 만날 일은 없을 거야. 걔가 나한테 신발을 줬거든. 문턱 너머 어둠 속에서 펑이 웃는 소리가 들려왔다.

그날 이후, 한때 새것이었던 펭의 옛 이름은 지구 반대편에 있는 아심의 집 현관에 붙어 있게 되었다. 아심은 그 모습을 찍은 사진을 우리 집 문 앞에도 붙여놓았다. 집을 나서기 전 필연적으로 마주치게 되는 위치였다.

나는 루카스와 같은 방에서 지내고 있다. 그는 아직도 시장에서 괴이한 물건들을 사온다. 리는 매일 버섯 차를 달이고, 프란은 그 옆에서 요리한다. 실비아는 여전히 주말 아침마다 산에 오른다. 가끔 거울의 후일담을 전해주기도 한다. 정상에 오르면 종종 산 곳곳에 흩어져 반짝이는 파편을 볼 수 있다는 것이다. 혹시 돌탑도 봤어? 펭의 질문에 실비아는 웃으며 답했다. 돌탑은 볼 때마다 높아지고 있더라. 산에 오르는 사람들이 계속 그 위에 뭔가를 쌓고 있어. 실비아는 그 탑이 얼마나 빠르게 높아지던지 새로운 산이라도 될 것 같다는 말을 덧붙였다. 그 황당무계한 말이 맞는지, 우리 모두 조만간 확인하러 갈 생각이다.

* 이 이야기는 시트콤 시리즈 《사인펠드》 아홉 번째 시즌의 여덟 번째 에피소드 〈배신〉을 보고 쓴 것입니다. 그러나 두 이야기의 인물들 사이에는 아무런 관련이 없습니다.

에세이

전사 또는
후일담

ⓒ Maria Sibylla Merian

전사 또는
후일담

열흘 전 편집자님이 '작가의 말'에 관한 청탁서를 보내주셨습니다. 몇 가지 키워드를 제시하고, 그에 관한 글을 써달라는 요청이었습니다. 그중 두 가지를 골라 썼습니다. 보는 분들이 편하도록 번호/제목순으로 키워드를 나눴지만, 번호/제목을 생략하고 읽어도 별 문제는 없을 것입니다.

1. 이야기의 시작과 끝

《사인펠드》는 1989년부터 1998년까지 방영된 NBC 시트콤입니다. 이제는 '전설'이나 '클래식' 같은 수식어를 갖추고 나오는 시리즈가 되었습니다. 본 시리즈의 중추는 물론 주인공 역을 맡은 제리 사인펠드인데요. (자신의 이름을 단단히 붙박아 넣은 만큼) 사인펠드는 이 시리즈 안에서 배우이자 제작자로서 유감없는 활약을 선보입니다. 그는 시트콤 속에서도 스탠드 코미디언인 '제리 사인펠드'로 등장하여 친구인 일레인, 조지, 크레이머와 함께하는 일상을 선보입니다.

좋은 시트콤의 등장인물들이라면 으레 그렇듯 제리 사인펠드와 그 친구들은 모두 대단한 악한입니다. 이는 애정 어린 비유나 별명이 아닙니다. 시리즈 내에서 묘사되는 제리와 친구들은 이기주의자이며 '옳지 않은' 형태로 자라난 소시오패스, 인종차별과 성차별을 밥 먹듯이 하며 매 순간 타인을 깔보는 작자들입니다. 제리 사인펠드는 이들을 계몽시키려 들지도, 성장시키려 하지도 않습니다. 그저 10년에 가까운 시간 동안 이들의 '아무것도 아닌'(사인펠드는 여러 차례 이 시리즈를 "아무것도 아닌 것에 관한 쇼 The show about nothing"라고 말한 바 있습니다) 일상을 물끄러미 들여다볼 뿐입니다. 시리즈 후반부에서 제리는 자신들이 지나온 나날을 추억하며 말합니다. "긴 시간이었어요. 네, 정말 길었죠. (중략) 생각지도 못한 문제가 매주 발생했습니다. 여름만 빼고요."[*]

*   《사인펠드》 시즌 9, 에피소드 21에서 인용.

나는 이 시리즈에 상당히 매혹당했습니다. 서서히 저물어가는 악한들의 일상, 그들이 반복하는 실수, 그로 인해 번져가는 비극의 물결…… 허나 모든 에피소드를 끝낸 뒤, 나는 이 시리즈를 다시 펼쳐보지 않고 있습니다. 이보다 더 악한 자들이 나오는 시트콤들도 여러 차례 돌려 봤습니다만, 이 시리즈에 대해서만은 그럴 엄두가 나지 않았습니다. 뚜렷한 이유는 아직 잘 모르겠습니다.

그러나 한 가지 에피소드만은 종종 돌려 보곤 합니다. 시즌 9의 여덟 번째 에피소드, 〈배신〉이 그것입니다. 여타 에피소드들과 마찬가지로 〈배신〉에서도 두 가지 플롯이 교차로 이어집니다. 첫 번째 플롯은 인도에서 열리는 친구의 결혼식에 간 제리, 일레인, 조지의 이야기입니다. 여기서 제리와 일레인, 조지는 의도치 않게 서로의 비밀을 고발함으로써 삶을 더 추한 늪 속에 밀어 넣습니다. 두 번째 플롯은 지인에게 저주를 받은 뒤 이를 풀기 위해 종횡무진 움직이는 크레이머의 이야기입니다. 크레이머는 저주를 풀고자 각종 축복을 동원합니다. 혜성에 소원을 빌거나, 생일 케이크의 촛불을 부는 친구에게 신변 보호를 요청하는 식으로요. 양쪽 플롯은 전혀 다른 이야기를 하고 있습니다만 사건이 흘러가는 양상은 얼추 비슷합니다. 인물들은 서로를 배반하거나 배반당하고, 얼굴을 얻어맞는 등 모욕을 받은 뒤에야 사건 밖으로 빠져나옵니다. 나는 이 에피소드를 여러

함윤이

차례 감상한 뒤「규칙의 세계」를 쓰기 시작했습니다. 그러면서 〈배신〉의 핵심 주제인 '배신' '저주' '축복'을 이 소설 속으로 데려왔습니다.

　　막상 쓰고 보니, 소설 속 인물들은 《사인펠드》 속 친구들과는 전혀 다른 사람들이 되었습니다. 아직 내가 소설 속 인물들을 굉장한 악한으로 그릴 용기가 없기 때문입니다. 그러다 보니 이들은 적당히 소심하고 못난 얼굴로 갖가지 재앙을 맞닥뜨리게 되었습니다. 이 점에 관해서는 미안함을 느낍니다. 동시에 어쩔 수 없었노라 생각하고요.

— 　　　　　　2. 글을 쓰며 사는 일상

　　《사인펠드》 초·중반부에서 제리 사인펠드는 '실제' 자신과 '등장인물'로서의 자신을 화합하기 위해 여러 장치를 가져옵니다. 시트콤의 시작과 끝을 장식하는 주인공 제리의 코미디 무대도 그중 하나입니다. 제리는 무대 위에 서서 자신이 겪은, 그리고 우리가 시트콤을 통해 감상한 여러 사건을 코미디의 주제로 데려와 사용합니다. 그에게 삶은 코미디의 소스입니다. 때때로 그는 남을 웃기기 위해, 혹은 조롱하기 위해 삶을 살아가는 것 같습니다. 코미디의 소스로만 기능하는 삶은 그 자체로서는 아무것도 아닌 듯합니다. 바로 그 점에서 제리 사인펠드는 정말로 '코미디하며 사는 일상'을 영위합니다.

반면 나는 내가 '글을 쓰며 사는 일상'을 영위한다고 확언할 수 없습니다. 나는…… 글을 쓰기는 합니다. 그러나 '글을 쓰며 산다'고 말할 만큼 글쓰기를 연속적인 활동으로 하고 있는가는 여전히 의문입니다. 나는 글을 쓰며 사는 일상을 갖기 위해 이런저런 활동을 하지만 '글쓰기' 자체에는 그다지 몰두하지 못합니다.

근래 나는 오전 9시부터 오후 6시까지 회사에 다니며, 그 뒤에는 퇴근, 운동, 식사, 청소, 휴식 등으로 남은 시간을 보냅니다. 글을 쓰는 시간은 체력과 정신력이 받쳐주는 아주 드문 경우, 혹은 마감이 코앞에 닥친 때뿐입니다. 나는 이 사실이 못내 민망하고 후회스러운데, 당장은 어찌할 수 없다고 생각합니다. 몸과 마음이 소진한 상태에서 좋은 글을 쓰기란 어렵기 때문입니다. 비참한 일입니다.

「규칙의 세계」는 그러한 비참함 속에서 쓴 소설입니다. 제리 사인펠드와 그 친구들의 고단한 삶을 생각하며, 그리고 내 삶과 그들의 삶 사이에 별다른 거리가 없음을 의식하며 썼습니다. 물론 결정적인 차이는 하나 있습니다. 그들이 시트콤 속에 산다는 점, 그렇기에 대부분의 비극 속에서도 무사히 살아남아 다음 에피소드 속 삶을 이어간다는 점입니다. 내 삶은 그렇지 않습니다. 여기서 비극은 어떤 식으로든 뿌리를 내리며 삶의 다음 단계에 꾸준한 영향을 미칩니다. 흉터는 옅어지되 영영 사라지지 않고, 묘한 붉은색 흔적으로 자리 잡습니다. 소설에 나오는 사람들에게는 붉은 흔적이 남지 않길 바라는 마음으로, 부적을 한 장 만들어 말미에 붙였습니다. 그러고 나자 이 소설이야말로 나에게 어떠한 부적이 될지도 모른다 생각했습니다. 무엇에 관한 부적인지는 여전히 모르겠습니다.

임
현
석

게임 커뮤니티 'PGR21'에서 글을 쓰고
다수 독립 출판물 프로젝트에 참여했다.
2022년 조선일보 신춘문예에 「무료나눔 대화법」으로
등단 후 주변엔 "예전부터 글을 써왔고,
앞으로 쓸 텐데 중간에 상을 받았어."라고 말한다.

알리바이 성립에

도움이 되는

현대문학

강
의

교수님, 벌써부터 말 많은 문단에 소문이 퍼졌을 생각하니 아찔합니다. 몇몇은 제가 혐의라도 뒤집어쓴 것처럼 말하고 다닌다고요. 입방아에 오르내리는 것과는 달리 정식 수사는 결단코 아니고, 참고인 신분으로 경찰 출석 요청을 받았을 뿐입니다. 현 단계에서는 범죄라는 게 성립하는지 여부 자체도 알 수 없습니다. 진영 씨는 그저 어디론가 훌쩍 떠난 것은 아닐는지요. 비범한 사람들이 흔히 그렇듯 말입니다.

잘 알지도 못하는 이들이 공연히 호들갑을 떠는 데는 이유가 있습니다. 그들은 저와 우리 대학과 교수님으로 이어지는 연결 고리를 집요하게 파고들려는 것입니다. 저는 그 피해가 고스란히 교수님에게 갈까 염려됩니다. 이 바닥에서 교수님이 제 지도 교수이자 스승임을 모르는 사람이 없잖습니까. 그러나 이젠 제 힘만으론 이들이 뒤편에서 쑥덕거리는 것을 말릴 수도 없습니다.

교수님이 나서서 막아주셔야 합니다. 그저 헛소문이라고 말이죠. 처음엔 저를 둘러싼 이야기를 그저 뜬소문 정도로 여기고 말자는 생각이었습니다. 결국 그 안일한 생각이 일을 크게 만든 건 아닌지. 저들이 교수님과 우리 학교를 향하고 있으리라고 그땐 미처 알지 못했습니다.

한동안은 시끄러울 테고, 제 정교수 임용도 당분간은 물 건너간 것이겠죠. 그러나 훗날을 생각해서라도 제 평판은 지켜야겠습니다. 아니, 우리 대학 입장을 생각해도 그렇습니다. 교수님이 믿어주시는 한 저야 언제든 재기할 수 있지만, 교수님의 제자들이기도 한 제 후배들은 어떡합니까. 추문은 어디까지 퍼질지 모를 일입니다.

그럴 일이야 없겠지만, 전 피의자 수사로 전환될 가능성까지 각오하고 있습니다. 내일 조사를 성실히 받을 생각이나, 저는 강의를 전담하는 비전임 강사 신분으로 학생 관리는 제 역할이 아니며, 그의 행적도 출석과 관련된 것 이외에는 아는 게 없다고 말할 생각입니다. 명목상으론 그렇지 않습니까? 더구나 진영 씨와 관련해서라면, 특히나 그렇습니다.

진영 씨가 교수님의 총애를 받는 학생이라는 걸 저도 잘 알지요. 제가 강의하는 대학원 수업이 있을 때 그는 그저 자신의 방에서 글을 쓴다는 핑계를 들어 빠지곤 했죠. 그럼에도 저는 그가 매번 출석한 것으로 기록했고, 좋은 학점을 챙겨줬습니다. 기억하시겠지만, 교수님의 부탁 때문이었죠. 같은 제자들 중에도 유독 그 친구만을 살뜰히 잘 챙기셨잖아요. 교수님에게 직접 지도 편달을 받는다는 명분이 생긴 이후로 저는 제 의지와 상관없이 출석 기록을 만들어줘야만 했습니다.

내일 경찰이 출석 기록 제출을 요구하면 협조할 생각입니다. 애초에 그것은 제 것이 아니니까요. 교수님, 이거 꽤 문제가 될지도 몰라요. 그가 실종된 이후에도 보름이나 더 출석을 한 것으로 나오거든요. 진영 씨가 실제론 수업에 나오지 않을 때에도 교수님 부탁으로 늘 출석을 챙겨줬으니까요.

　　교수님, 하지만 전 아무것도 털어놓지 않을 생각입니다. 더욱이나 교수님을 들먹이고 싶진 않습니다. 저부터 교수님을 지켜드려야죠. 저는 교수님 편이니까요, 교수님도 제 편이 돼주셔야 합니다. 제 말을 믿어주셔야 합니다.

　　정말이지 전 아무것도 모릅니다. 지시받은 일을 해내는 관리자에 불과합니다. 그건 무엇보다 진영 씨 생각이기도 했습니다. '고작 출석을 관리하는 사람, 시스템의 일부', 싸늘한 그의 시선에서 저는 그런 생각을 읽어내곤 했습니다. 그는 어느 사이에 교정에서 마주쳐도 눈인사조차 하지 않았습니다. 제 수업은 들을 가치가 없다고, 후배들에게 수강 신청 기간에 떠들고 다닌 것도 돌고 돌아 제 귀에 들어오기도 했습니다.

　　촉망받는 신예도 위계에서 자유로울 수는 없는 법입니다. 그를 교만케 한 그 재능이 얼마나 대단한 것인지는 모르겠지만, 사제지간과 대학이라는 시스템에 편입된 이상 재능도 평판 속에서만 그 의미와 가치가 드러날 뿐입니다. 그는 왜 그걸 몰랐을까요? 아니면 의도적으로 모르는 척했던 걸까요? 그가 자신만의 은근한 방식으로 저와 신경전을 벌이고 있던 것일지도 모르겠습니다. 만약 그랬다면, 이 얼마나 교만한 일입니까.

　　교수님, 그가 교만하기 짝이 없다는 소문 들은 적 없으신지요? 소문에도 여러 종류가 있습니다. 저를 둘러싼 이번 소문처럼 허무맹랑한 경우도 있지만, 종종 진실을 담은 소문도 들려오기 마련입니다. 물론 교수님은 그 친구에 대한 소문을 전혀 모르고 계실 수도 있습니다. 진영 씨가 교수님 앞에선 얼마나 온순하던지요. 요즘 애들이 얼마나 영악한지 아시잖습니까. 대학생 때는 다 같은 교수로 받들다가도 대학원생으로 넘어오면 정교수와 비전임 교원을 나누잖습니까. 그러곤 줄 댈 곳만 귀신같이 찾아간다니까요. 제가 대학원생일 땐 그래도 전임이든 비전임이든 선생을 존경하는 문화가 있었는데 말입니다.

　　그와 저 사이에선 이런저런 사건이 발생해 관계의 경로가 조금씩 틀어졌습니다. 그때마다 마음 한편에선 이런 생각을 떨치기 어려웠습니다.

　　'내가 정교수였어도 그렇게 굴었을까?'

　　저는 그에게 시스템의 논리를 가르치고 싶었습니다. 그것이 우리 교육이 지향해야 할 바이자, 스승의 책무니까요. 더구나 문학이란 인간됨을 가르치는 학문 아닙니까. 그는 한갓 기예로써 문학을 다루려 했지만요. 문학을 통해 길러내야 할 정신이 무엇인지 알려주고 싶었습니다.

　　시정신은 교수님의 평소 말씀마따나, 엄격하게 다듬

어지고 길러져야만 하는 것이죠. 그가 쓰는 시, 제법 높게 평가받았던 문장이 고작 손끝에 의존하는 기교에 그친다면 문학은 한낱 부질없는 욕망이나 허상으로 전락할 겁니다.

소문도 있으니, 교수님께 자초지종을 설명하지 않을 수 없겠습니다. 제가 그를 시기했다는 소문은 사실이 아닙니다. 그 소문은 상당 부분 오해에서 비롯한 겁니다. 아마 저는 그 소문을 진영 씨가 퍼트렸을 거라 짐작합니다.

그와 저는 관계가 조금 묘했으니까요. 저는 그의 대학원 수업을 맡고 있는 선생이면서 동시에 같은 스승을 지도 교수로 모시고 있는 문하이기도 하고요. 그와 저의 나이 차이라고 해봤자 열 살 남짓에 불과했고, 교수님 몫으로 나올 정교수 자리를 자신이 차지할 수 있으리라 생각했을지도 모르죠.

그러니 오명을 퍼트리고 저의 값어치를 되도록 후려친 뒤 발을 묶어놓고 잡아당겨서 결국엔 경쟁의 사다리에서 떨어트리려고 했겠지요. 박사 과정에 갓 입문한 그였지만, 자신만만했던 게 틀림없습니다. 교수님이 은퇴한 뒤 나올 정교수직 자리를 놓고 군침을 흘렸겠죠. 그랬으니 어떻게든 그는 자신의 재능이 저를 앞지른다고 떠들고 다니고 싶었던 겁니다.

하지만 그의 재능이라는 게 얼마나 알량한가요. 이 점에서 교수님과는 의견이 갈리겠지만, 저는 달리 생각할 수가 없습니다. 그 친구는 최근 몇몇 문예지 인터뷰와 공동 담화를 통해 주목받는 시인으로 소개되곤 했죠. 그게 뭐 대단한 일이라도 된답니까? 오히려 그때마다 그의 재능이 아니라, 거만하고 경솔한 성격만이 드러날 뿐이었습니다.

특히 지난번 '오늘의 문예정신' 가을호가 그랬습니다. 젊은 시인 특집 코너에 실린 평론가들과 진영 씨를 비롯한 젊은 시인들의 대담을 읽으며 저는 모멸감에 몸을 떨었습니다. 기억하시겠죠. 기존의 권위와 전통에 도전장을 던졌다고 평가받던 인터뷰요. 저는 전문을 메모해놓고 몇 번이나 읽어봤는지 모릅니다. 알고 계시겠지만, 진영 씨의 표현은 이랬습니다.

"많은 사람들이 마치 저희가 문학계의 주류인 것처럼 이야기하지만, 내부에선 여전히 적잖은 반발과 야유가 있다는 점을 확인할 수 있었습니다. 제 시는 이미지와 여기에서 파생된 즉자적인 감각을 중시합니다. 최근엔 이를 대놓고 무시하는 분들이 계시죠. 명멸하는 이미지에 대한 천착은 부질없는 욕망의 제스처일 뿐이라고 말입니다. 그건 제가 보기엔 그저 한없이 고루하고 시시한 견해일 뿐입니다. 허술한 논리 구조로 그저 전통적인 시정신만을 부르짖으며 전통과 아카데미즘이라는 권위와 허상에 기대는 함량 미달들이죠."

함량 미달이라. 그가 저를 지적했다는 사실을 어렵지 않게 알 수 있었습니다. 왜 아니겠습니까. 그가 한 말은 최근에 제가 쓴 평론에 들어간 것과 유사한 표현이기도 했습니다. 제가 썼던 표현은 이렇습니다.

'이들 일련의 젊은 시인들이 내던진 도전장이라는 것도 떨어지는 깊이를 가리기 위한 애처로운 몸짓에 불과하며, 그들이 젠체하며 벌여놓는 이미지는 결과적으로 부질없는 환각에 귀착된다.'

제 평론은 문예정신과 같은 그런 유명한 문예지엔 실리지 못했습니다. 그럼에도 그가 어떻게 그 글을 찾아 읽었는지는 모르겠습니다. 표현만 놓고 보면 전혀 같지 않다는 지적을 동료 평론가들에게 받기도 했지만요. 하지만 저는 압니다. 그가 누굴 겨냥하고 있었는지요.

그의 인터뷰를 보니 저로선 그동안 흐릿하게 여겨졌던 것들이 보다 선명해졌습니다. 적어도 두 가지는 확실해졌으니까요. 그는 자신을 새로운 시대를 여는 차세대 기수로 여기고 있다는 것. 이는 공공연히 문단에서 치켜세웠으니 그렇게 여겼을 법도 합니다.

교수님, 이 점에서 우리 대학과 문단의 잘못은 없는지도 곰곰이 따져봐야 할 일입니다. 지나친 띄워주기로 그를 망쳐버린 것은 아닐는지요. 제가 염려하던 바였고, 결국 교만이 그의 마음에 조금이나마 남아 있던 좋은 점들마저 뒤틀고 썩어버리게 만든 게 틀림없습니다.

그 발언 속에서 확인할 수 있었던 나머지 하나는 그가 저를 완전히 부정하고 폄훼함으로써 자신의 정당성을 세우려 한다는 것이었습니다. 진영 씨가 저를 무척이나 강하게 의식하고 있다는 점은 이로써 확실해졌습니다. 왜 저였을까요? 제가 그의 속마음을 다 들여다보고 있었기 때문일까요? 아니면 권력욕으로 가득 찬 그에게 문학의 본령을 지켜내는 저라는 인간이 거추장스럽고 불편해서? 그것까진 잘 모르겠습니다. 그가 두려워하는 무언가가 제게 있었던 것이겠죠.

제가 그를 간파한 것은 사실입니다. 그는 자신이 꽤나 참신하고 도전적인 뉴웨이브라고 생각했는지 모르겠지만, 저는 그가 기껏해야 스스로 새로운 권위가 되기 위해 혈안이 됐다는 점을 눈치채고 가소로워했습니다. 권위가 다른 권위로 대체될 뿐이라면, 그의 새로움이란 도대체 무엇이겠습니까. 더구나 아무런 깊이조차 없는 새로움이라면, 오히려 야유를 받아야 합니다. 문학이란 결국 서로 살을 부대끼는 우리 인간에 관한 것이며, 공동체 속에서 바람직한 위계를 지켜나가는 것과도 밀접한 관련이 있습니다. 그가 외면하려고 해도 변하지 않는 진실이죠.

진영 씨는 자신이 쓰고 있는 게 대단한 문학이라도 되는 것처럼 그럴싸하게 포장하면서 사람들(가슴 아프지만 교수님도 그중 한 명이라는 사실을 말씀드릴 수밖에 없습니다)을 속여왔는데, 제 눈까진 속일 수 없었다는 얘길 드리고 있는 겁니다.

　　진영 씨의 인터뷰가 하필이면 문예정신이라는 잡지에 실렸다는 점이 저로선 무척이나 공교롭더군요. 문예정신은 8년 전 제가 신춘문예에서 문학 평론 분야로 등단한 직후, 처음으로 원고 청탁을 해온 문예지였습니다. 저는 당시 젊은 시인들의 실험적인 시는 방향성을 잃은 세대의 딱한 편집증에 불과하다는 내용의 비평문을 투고했습니다. 그 글을 쓸 때 얼마나 의욕에 차 있었는지 모릅니다. 불운하게도, 그때 제 글은 문예정신 지면에 실리지 못했습니다. 문예지의 편집 방향과 맞지 않는다는 다소 모호한 회신과 함께.

　　그 후 수년이 지난 뒤 그때 제가 썼던 원고를 다시 훑어보니 지나치게 의욕에 찬 나머지 서툴고 거친 표현이 눈에 띄더군요. 문장은 문장대로 미흡했거니와, 고전적인 시정신으로 회귀를 주창하는 제 글은 새로운 형식 실험을 중시하는 그 문예지의 결과도 맞지 않았던 겁니다. 그때 전 난해함으로 무장한 젊은 시인들이 도를 넘은 언어 실험을 구실로 전통적인 가치를 배격하고 건강한 시정신을 외면한다며 비판의 날을 세웠었죠.

　　교수님의 꼼꼼한 첨삭 덕분이었는데도, 등단이 꼭 제 능력으로 된 것처럼 생각할 무렵이었습니다. 당시 제 목표는 온전히 저만의 글을 발표하는 것이었죠. 한때 교수님의 영향에서 벗어나 혼자만의 힘으로 한 세대의 패권을 쥐는 야심을 저도 품은 적이 있습니다. 삿되고도 불경한 꿈이었지요. 문예정신이 제 원고를 외면하는 바람에 제 헛된 야심은 산산조각 나버렸습니다.

지금 생각해보면, 그게 얼마나 다행인지 모릅니다. 만약 제가 일찍부터 주목받았다면 교만이 마음속에 스며들었을 겁니다. 하지만 지금 알고 있는 것을 그땐 알 수 없었지요. 그 무렵 문예지에서 저를 외면했다는 사실 때문에 깊은 진창에 발이 잠긴 것만 같았고, 허우적거리고 있었습니다. 문학을 버리고 싶었습니다. 이 바닥에서 외면받았다고 생각했고, 그렇다면 글로 먹고살긴 틀렸다고 생각했으니까요.

그때 교수님께서 저를 붙잡아주셨던 것 기억나시지요? 교수님 생일을 맞아 축하하며 모시기 위해 동문들과 마련한 술자리였습니다. 대학원 동기들이 거나하게 취해 지쳐 쓰러질 때쯤 교수님이 절 옆자리로 불러주셨고, 직접 술을 따라주셨죠. 제게 '성실한 거 하나는 재능'이라고 격려해주시면서요. 교수님이 제게 재능이 있다는 말을 해주신 게 그날이 처음이었습니다. 제가 그 말이 얼마나 듣고 싶었는지 아십니까? 그제야 비로소 전 재능도 없는 주제에 무임승차했다는 기분을 떨쳐낼 수 있었습니다.

아시다시피 저는 문예정신을 비롯한 주요 문예지와

는 다소 거리를 둔 채로 활동했습니다. 제가 글을 소개하는 지면은 주로 교수님이 연결해주셨던 잡지였지요. 저는 교수님 말씀대로 성실함으로 대학 안에 제 자리를 만들고 버텨냈습니다. 실력이야 마른 우물 안에도 비가 내리고 차츰 물이 고이듯이 자연스럽게 채워질 것으로 믿었지요.

무엇보다 전 제 연구와 관점이 지닌 중요성을 확신하고 있었습니다. 시란 자고로 소박한 정서, 이해하기 쉽고 편안한 시어로 감동을 줘야 한다고 말입니다. 그리고 시에 깃든 공동체 정신을 상기시켜야 한다고요. 내가 좋아하는 사람들을 만나서 웃고 예의를 지키고, 술 한잔 나누고 음악을 들으면서 마음을 정화하는 일, 서로 예의를 지키면서 인간다움에 대해 생각해보는 일, 관계의 중요성을 깨닫는 일, 그 모든 것이 문학이라고 말입니다.

교수님이 터주신 길을 따르고 언젠가는 존경받는 정교수로 자리매김한다는 꿈도 꾸었습니다. 그렇게 저는 저만의 방식으로 주류로 진입하려 했습니다. 문예정신 지면과 관련해서는 지금처럼 고고한 문학 정신을 지켜내려고 애쓰는 한 언젠가 제게도 다시 기회가 돌아올 것이라고 믿었지요. 어디까지나 제가 부족할 뿐이라며 더 정진해야 한다고 마음을 다잡았습니다.

그런데 그 지면을 진영 씨가 차지하다니. 그리고 감히 한 세대의 주도권을 잡았다는 평가를 받다니. 저는 진영 씨가 어째서 이처럼 높은 평가를 받는지 도무지 알기 어렵습니다.

시란 본래 유희이고 깊이 따위야 알 바 없다고 말하는 진영 씨의 주장이 힘을 받는 세태도 용납할 수 없었습니다. 그의 시는 다른 이와의 소통을 단절한 채 자신만의 병적인 뇌까림이 전부 아닙니까. 난폭하고 거칠고 때론 성적인 이미지를 시 안에 아무렇게나 벌여놓고 수습하지 않는 것이 어떻게 예술혼입니까? 어째서 그러한 엉망진창이 새롭다는 호평을 받는 것입니까.

교수님께서도 그리 찬사하셨던가요. 진영 씨의 시는 정제되지 않은 언어를 아무렇게나 배열하듯이 쏟아내는 것처럼 보이지만 이는 분열된 자아를 시 체계 안에 고르게 배분하며 담아내고 있다고요. 그때 저는 학과 사무실에서 교수님이 드실 차를 우리고 있었습니다. 맞습니다. 저는 교수님 앞에서 진영 씨의 시는 분명 그러한 미덕이 있다고 맞장구를 쳤습니다.

그때 저는 그저 동의하는 시늉을 했을 뿐입니다. 저는 그의 시를 도무지 읽어낼 수 없었습니다. 지시 대상을 잃은 듯 불명확한 시어, 선뜩하게 토막난 이미지들, 파편화된 감각을 아무렇게나 조합해 도무지 알 수 없는 글을 써놓았다는 것 말고는 달리 생각이 들지 않았습니다. 그의 시는 평단의 비호 속에 현대성이라는 변명으로 난해성을 옹호받고 있었습니다. 커다란 성을 쌓고 그 안에서 저 자신만이 고고함이라고 규정한 병적인 포즈를 반복하는 것이 고작이었습니다. 그건 이를테면 초라하고 병적인 자위에 불과합니다.

제가 그의 심연을 들여다보고 간파해서 알아낸 진실을 말씀드리죠. 그의 작품엔 아무런 교훈 따위도 없습니다. 애당초 저는 그의 시를 옹호할 마음이 없었습니다. 우리 시의 주류적 가치가 소통이 아니라 난해성이라는 단절의 공간에 놓이는 게 마땅합니까?

진영 씨는 제가 그의 시를 읽어내지 못하고 있다는 사실을 언제부터인가 눈치챘으리라 생각합니다. 그 이래로 우리 사이엔 마치 화해할 수 없는 큰 간극이 벌어진 것이지요. 촘촘하게 짜인 이 위계의 공간 속에서 그는 시라는 암호를 빌미로 교수님 그리고 제 후배들과 긴밀히 마주하는 공간을 만들고 확장해나가며, 알게 모르게 저를 소외시켜 비주류의 저편으로 밀어내려 했습니다. 그건 아주 교활한 짓이죠. 우리의 아름다운 위계 안에서 그와 같은 야심이 가당키나 합니까?

지금에 이르러서는 그가 한때 유망한 젊은이였다는 점과 저와 한때는 무척이나 친밀했다는 사실이 믿기지 않습니다.

저도 인정하는 사실은 그가 한때는 좋은 시인이 될 자질을 갖춘 아이였다는 것입니다. 제가 박사 과정을 지나

그해 첫 학기부터 강사로 입문할 무렵, 그는 우리 대학 학부생으로 입학했죠. 시 전공 문학특기생이었습니다. 학기가 시작하기 전 특기생들과 함께 차를 마셨던 기억이 납니다. 그때 그는 아직 앳된 티를 다 벗지 못해 수줍어하는 여드름 투성이 소년이었습니다.

그때 교수님은 대학 생활을 충실히 하라며 당부하시고 학과장 면담을 위해 자리를 뜨셨었지요. 저를 마주하고 있다는 이유만으로 어쩔 줄 모르던 소년의 모습도 기억납니다. 저는 으레 하는 조언으로 최대한 많은 경험을 할 것과 시, 소설은 고전을 위주로 읽어두는 것이 좋겠다고 했습니다.

"그럼 앞으로 읽어야 할 글이 무엇인지 일러주실 수 있으신지요."

그게 진영 씨였습니다. 흘깃 보니 큼직한 점퍼 주머니에는 시집도 한 권 끼워져 있더군요. 저는 흔히 좋다고 언급되는 몇몇 문학 작품들, 아마 그가 이미 읽었을 가능성이 꽤 높은 명작들을 열거한 뒤 좀 고민했습니다. 그러고는 최근 신춘문예 평론과 소설 작품까지도 아울러 읽어두는 것이 좋다고도 덧붙였지요. 제 등단작도 그때 언급하며 공부에 뜻이 있다면 그런 최신 작품들도 함께 읽어놓으라고 했습니다.

그 친구가 제 등단작의 수상년도와 신문사 이름을 끼적이더니 환하게 웃었습니다. 고맙습니다, 교수님. 제가 교수님이라는 호칭을 들은 것도 아마 그때가 처음이었을 겁니다. 그의 눈에는 저 역시 신참내기 시간 강사든 뭐든 어엿한 교수였을 테니까요.

　　입학 이후로도 한참이나 그는 별말 없이 눈에 띄지 않는 학교생활을 했던 걸로 알고 있습니다. 다만 몇몇 문학 특기생들과 무리 지어 교내에서 시를 쓰고 서로 합평을 했고, 때로는 제게 연락을 하고 찾아와 시를 살펴봐달라고 부탁을 하곤 했습니다. 유망한 학생이 저를 스승으로 여긴다는 게 얼마나 기쁜 일인지요. 그때만 해도 그는 올바른 사람을 찾아왔던 겁니다. 저는 그의 교만을 교정해줄 수 있던 사람이었죠.

　　그는 최근 시단의 흐름을 충실히 쫓으면서도, 어떤 시편에선 고전적인 서정성을 다루는 데에도 능숙한 편이었습니다. 잠재력 만큼은 저도 인정할 수밖에요. 아마 비슷한 시들을 교수님에게 가져갔을 겁니다. 그리고 교수님도 그의 감수성에 흐뭇해하며 비교적 일찍이 마음을 여셨죠. 한번은 제가 교수님 댁에서 서가를 정리하고 있을 때 '진영이는 재능이 남달라'라고 하셔서 저도 진심으로 맞장구를 쳤습니다. 그땐 진심이었습니다.

　　제게 시를 보여주러 온 그에게 전 자주 '시를 잘 쓰려면 마음이 아름다워야 한다'라고 말해주었습니다. 교정의 운치를 즐기며 함께 걷자고도 했습니다. 강의동에서 교수님이 계시는 연구동으로 이어지는 길은 나무 그늘이 길게 늘어질

때 얼마나 운치가 있는지. 저는 신입생이던 그와 자주 그 길을 걸었습니다. 아직은 앳된 그에게 '이 길을 걷는 동안, 시심을 얻었다'라고 말해주기도 했지요. 한동안 제 말에 웃기만 하던 그였습니다. 그렇게 제가 던지는 행간 속에서 혼자 고요히 생각해주길 바랐는데, 그는 조바심을 내더군요. 연말쯤엔 궁금한 것을 먼저 적극적으로 묻곤 했습니다.

아마 그에겐 문단이 흥미진진한 소문의 영역이었던 모양입니다. 어느 시인에 대해서 말해달라며 보채는 눈빛을 던지거나, 뜬금없이 이름도 없는 젊은 시 동인의 문집을 화제로 올리기도 했지요. 그가 언급하는 시인들은 저는 들어본 적도 없는 경우가 태반이었습니다. 그러니까 그들은 모두 검증되지 않는 이들이었습니다. 저는 명성과 실력이 아직 여물지 않은 그들까진 신경 쓸 시간이 없다고 말했습니다. 그게 사실이니까요.

문단의 온갖 추문들을 끌고 와서 피곤하기만 한 논쟁을 벌이려 할 때에도 저는 그에게 '쓸데없는 일에 신경을 쏟다간 온화한 시심만 흐트러진다'며 꾸짖기도 했습니다. "밝고 즐거운 미래만 이야기하자." 제가 그에게 자주 해주던 말이었습니다. 밝고 즐거운 미래만 이야기하자. 교수님이 제게 늘 일러주시던 말씀이셨죠. 그 안에 담긴 큰 뜻을 알기까지 저는 긴 세월을 거쳐왔습니다.

그건 제 마음이 흐트러지지 않도록 잡아주셨던 말씀

이지요. 그렇죠? 저는 그 말씀을 들을 때마다 매번 깊이 새겼습니다. 온화하고도 평온한 시심이 내려앉기만을 바라면서요. 그런 깊은 뜻까지 그가 알 순 없었을 겁니다. 그는 어느 순간부터는 저를 찾아오지 않았습니다. 그때 그는 이미 잘못된 길에 접어든 것일지도 모르겠습니다.

진영 씨는 군대에서 전역하자마자, 그동안 자신이 써온 시들을 묶어서 출판사에 투고했고 첫 시집을 통해 문단에 나왔지요. 그는 한사코 등단이라는 말을 쓰지 않았지만, 그럼 뭐 데뷔라고 하지요. 진영 씨는 여러 지면을 꾸준히 얻어 작품을 발표하면서 순식간에 이 바닥에서 주목받는 신예로 자리매김하였습니다. 그 이후로 어째서인지 저와는 자연스럽게 차츰 멀어졌습니다. 그가 저를 찾지 않았으니까요. 자신이 거물이 됐다고 생각했던 거겠죠. 그런 시를 쓰는 게 뭐 그리 대단한 일이라고. 진짜 중요한 게 뭔지도 모르면서 말입니다.

종종 그가 대학 안팎에서 튀는 언행을 하고 다닌다는 소식만 건너 들었습니다. 마치 문예지에 실렸던 대담처럼 말이죠. 그 무렵 종종 교내 현수막을 보면, 그가 도서관 등에서 학생 간담회나 초청 강연 들을 하는 위치에 이르렀다는 사실을 알 수 있었습니다. 더불어 연구를 하지 않는 교수는 쫓아내야 한다거나, 실력 없이 대학에 남아 있는 강사들이 더러 있다고 지적하고, 학생들끼리 합평하는 스터디를 늘

려나가야 한다는 주장을 했다고 들었습니다. 교수님도 그걸 못마땅하게 생각하셨죠? 그렇죠?

실제로 우리 대학에서 문학을 하고 시를 쓰는 무리가 그를 중심으로 뭉치고 있었습니다. 저를 따르던 아이들조차 이러한 학과 내 문학 창작 스터디에 들어갔다는 소식을 알리더군요. 이상하리만큼 살갑게 굴던 제자들조차 그곳에 들어가면 저와는 데면데면해지더군요. 아마 그릇된 시정신에 물들었기 때문일 겁니다.

어떤 학생들은 복도에서 제가 안부 인사를 먼저 건네기라도 하면 당황해하는 기색이 역력했습니다. 그게 자신의 평판에 영향을 미치기라도 하는 것인지, 주위를 살피면서 어색해하더군요. 저는 어렴풋이 짐작되는 바가 있었지만, 뚜렷한 실체를 잡지 못한 채 그저 막연한 의문만을 품고 있었습니다. 아니나 다를까, 제 짐작이 맞았습니다.

"진영 선배가 다른 수업을 듣는 편이 낫다고 해서요."

그는 진영 씨와 시 합평 스터디를 하고 있다는 2학년 학부생이었습니다. 저도 평소 얼굴을 알던 터라 수업 일을 돕는 보조 역할을 맡기려고 했는데, 수강 변경 기간에 갑작스레 다음 수업에 들어오지 않겠다며 한 말입니다. 그 학생은 정말 제 수업에 나오지 않더군요. 한번은 그 학생을 강의동 복도에서 마주친 적이 있는데, 시선을 거두고 무리 속에서 부러 떠드는 시늉을 하는 게 느껴졌습니다.

진영 씨 입장도 아주 이해가 안 가는 것은 아닙니다. 그는 악마적이고 강렬한 필치로 문학을 난폭하게 해체하는 것을 목표로 삼았으니, 제가 고수하던 시정신이 얼마나 답답하고 고루하게 보였을까요. 하지만 그는 좀 더 겸손해야만 했습니다. 그가 자신만의 패거리를 만들며 저를 소외하려고 했지만, 제게도 그를 다그칠 여러 방법이 있다는 것을 알았어야죠.

　　교수님, 저도 꽤 많이 노력했습니다. 그를 나쁜 놈으로 몰아가지 않으려고요. 그 나이대 학생들이 선배나 스승 욕을 할 수도 있는 거라고. 그건 작은 일탈이자, 인간 관계에서 충분히 벌어질 수 있는 사소한 실수에 불과하다고 말입니다. 하지만 언제까지 그 모습대로 처신하게 내버려둘 수는 없는 것이죠. 무엇이 올바른 문학 정신인지, 어느 시점에 이르러선 저희가 일러줘야만 했습니다. 저도 그렇게 성장해왔는걸요. 잘못된 패거리에선 벗어나야죠. 나쁜 패거리가 있고, 좋은 커뮤니티가 있습니다. 그가 좋은 곳으로 나오게끔 하고 싶었습니다.

　　그가 대학에서 마지막 해를 보내며 대학원을 준비하던 연말이었습니다. 그는 교수님 문하로 들어갈 것이 틀림없었죠. 문하생 선후배로 함께 대학원에 몸담게 될 텐데, 그렇다면 이참에 그를 휘어잡아야 한다는 생각이 들었습니다. 지금처럼 가만두었다가는 그가 한없이 엇나갈 것이라는 우려가 컸기 때문입니다. 그에게만 지지자들이 있는 게 아니라는 점도 알려줄 필요가 있었습니다. 저도 수많은 술자리를 통해서 제 주변 관계들을 다져나갔고, 몇 번 정도는 그에게 제가 가진 힘을 보여줄 수도 있었습니다.

예전에 교수님과 대학원생 동문들이 모인 자리에 학부생 중에는 진영 씨만 온 적이 있지요. 교수님이 애제자인 너를 꼭 오라 했다고, 이런 자리에 오지 않으면 눈 밖에 난다며 저는 동료 대학원 선생들을 시켜 그에게 연락을 돌리게끔 했습니다. 제 후배 선생들에게도 그가 오지 않는다면 각오들 하라고 단단히 일러두었습니다. 저는 그저 날짜와 시간만 적힌 문자를 진영 씨에게 보냈습니다. 제가 단단히 벼르고 있다는 걸 동문들은 잘 알고 있었습니다. 제 주변 사람들이 전화로든, 만나서든 아마 그를 꽤 괴롭혔을 겁니다. 그날 그가 질린 듯한 표정으로 주점 구석 한편에 오도카니 앉아 있던 모습이 선연합니다.

술자리가 왁자해져 각자 자리에서 떠들고 있을 무렵, 저는 부러 그의 옆자리로 다가갔습니다. 그건 잘해보자는 뜻이었습니다. 먼저 다가감으로써 저는 메시지를 전달한 것이죠. 결국 너는 앞으로도 나와 이 사람들을 계속 마주칠 것이며, 위계 속에서 착실하게 성장해나가게 될 것이라고 말입니다. 저는 그 모든 말을 담아서 술을 한 잔 따라주려 했습니다. 하지만 그가 손사래를 치더군요. 이 자리에서 더는 마시지 않겠다면서.

그가 그때라도 저에 대한 반감을 접고 앞으로 잘 지도해달라는 말만 했더라도, 모든 것을 용서할 수 있었습니다. 하지만 그는 불만 섞인 표정을 노골적으로 내비쳤고, 살가운 구석이라곤 없었죠. 고민이 있느냐고 묻자, 진영 씨는 시와 조금도 관련되지 않은 이 자리에는 아무런 흥미도 없다고 했던가요.

저는 약간 취기가 오른 채로 그에게 올바른 위계에 대해서 설명해줬던 기억이 납니다. 교수님을 어떻게 모셔야 하는지, 선배들이 어떻게 깨달음을 얻어왔는지, 이 바닥 구석구석에 대해서도 적나라하게 이야기해주었습니다. '어쩌면 시련처럼 보이겠지만 모든 일이 끝난 뒤엔 큰 배움을 얻어가겠지', 저는 그에게 재차 술을 받으라고 권했습니다.

그러나 그는 끝내 받지 않았고, 우리를 둘러싼 공기가 싸늘해졌던 기억이 납니다. 그는 저를 노려볼 뿐이었습니다. 그러다가 문득 그의 표정에서 묘한 웃음기가 스쳐 지나갔습니다. 각자의 자리에서 술자리가 떠들썩해지는 동안 그를 본 것은 오직 저뿐이었습니다. 그의 시선이 저를 향하고 있었죠.

그를 교화해야만 한다는 제 욕심이 과했던 걸까요. 아주 잠깐 격랑 같은 분노가 문학을 통해 단련해온 안온한 시심의 수면 위를 넘어섰고, 평정이 깨지면서 제 안에서 온

갖 종류의 생생한 감정이 튀어올랐습니다. 그리고 그때 저는 알았습니다. 제가 그를 속속들이 간파했듯이, 진영 씨도 저의 마음을 순간 들여다보았다는 걸 말입니다. 교묘하게도 마음이 흔들리던 찰나 그가 그 틈으로 불쑥 들어왔다 나간 것입니다.

그러나 그가 들여다보고 간 것이 정확히 무엇이었는지 저는 알 수 없습니다. 그저 그 웃음을 통해서만, 그가 무언가를 낚아챘다는 사실을 알게 됐을 뿐입니다. 저는 그에게 술을 권하는 손을 거뒀습니다. 저도 그를 따라 얼굴 근육을 움직여 웃는 표정을 만들어 보였습니다.

하지만 제 안에선 또다시 격랑이 일고 불안이 휘몰아쳤습니다. 시를 통해 단단해진 나의 평온함이 그날에만 몇 차례나 무너지려 했고, 저는 미소를 내비치면서 이 성채가 완전히 무너지지 않도록 버텼던가요. 오랜 세월에 걸쳐 마음을 단련해왔다고 믿었는데. 문학으로 이룩해야 하는 아름다움의 안쪽에 이제 막 안착했다고 여겨왔는데, 그를 보면 잔잔하던 수면이 거칠어졌습니다. 저는 그 이유를 도무지 알 수가 없었습니다.

저는 쓴웃음을 지으며 자리에서 일어났습니다. 그 긴장을 무엇이라고 표현해야 할지 모르겠습니다. 그날 이후로 그와 저는 저 멀리서부터 서로를 향해 전속력으로 달려가는 기관차와 같았습니다. 언젠가는 부딪힐 수밖에 없는 운명이었습니다.

최근에도 충돌한 적이 있었습니다. 몇 주 전이던가요. 전날 과음 탓에 교수님이 제게 전화를 걸었던 날 기억하시는지요? "오승택 선생, 내가 몸이 영 찌뿌둥한 게 침대에서 한 발도 꼼짝할 수가 없네."

그때 무슨 말씀을 하실지 짐작하고 있었습니다. 곧 있을 교수님 수업에 대신 들어가라는 말씀이셨죠. 아니나 다를까. "수업이랄 것도 없어. 비평문을 돌아가면서 읽게 하고 대충 마무리하면 그만이야."

현대문학 비평론. 수요일 오후 2시 수업이었습니다. 아시다시피 저는 그러겠노라고 했습니다. 교수님, 그게 다섯 명 남짓 듣는 작은 클래스였죠? 그 친구의 얼굴과 마주했던 순간이 떠오릅니다. 그의 시선 속에서 의문과 환멸 같은 것이 스치는 것을 저는 읽을 수 있었습니다. 저로선 별생각 없이 들어간 강의였을 수밖에요. 그 친구가 있을 거라곤 미처 생각지 못했습니다.

저는 굳어진 그의 표정을 마주했습니다. 제가 쏘아보자 그도 노골적으로 자신의 감정을 드러내더군요. 저는 마치 기 싸움이라도 벌이는 것처럼 그를 바라본 채로 한참을 그대로 서 있었습니다. 그가 서서히 시선을 거두었고, 저도 그제야 제정신으로 돌아왔습니다. 평소 생각이 지나치게 드러난 것은 아닌지, 다른 학생들이 우리 사이의 긴장을 눈치채진 않았는지 저 스스로가 황망할 지경이었습니다.

"교수님이 편찮으시다. 오늘 합평 수업을 한다고 했던가. 비평문을 서로에게 전달하도록."

저는 자못 엄격해 보이고자 했습니다. 거짓말하지 않겠습니다. 저는 분명 그를 의식하고 있었습니다. 왜 아니겠습니까. 저는 누구보다 그의 불만을 잘 알고 있었습니다. 강의를 가르칠 만한 자격조차 없는 놈이라고 생각했을 테고, 물렁하고 뻔한 인간이라고 이미 결론을 내리고 있었던 것이죠. 그의 속마음이 훤히 내비쳐지던걸요. 노골적으로 한 인간을 무시하다니. 게다가 어쨌든 제가 강단 위에 올라와 있는 이상 스승이기까지 한데, 무례한 일입니다. 정의는 저의 편이지요.

하지만 저는 그날 그의 앞에서 긴장했던 것인지도 모릅니다. 그는 기회가 있다면, 저를 난자하고도 남을 위인이니까요. 아마 그런 우연이 아니었다면, 애초에 마주치지도 않으려 했겠지요. 그가 어쩔 수 없이 졸업하기 위해 신청해야만 했던 제 수업에 아예 들어오지 않았던 게, 저로선 안도감마저 들었던 게 사실입니다. 누구 하나 다쳐야 하는 정면 승부만은 피하고 싶었달까요.

그러나 막상 맞부딪힌 이상 그와의 기 싸움에서 밀릴 수는 없는 일이었습니다. 그는 우리의 학풍과 위계를 넘어 문학이 이룩하려는 고고한 정신에 도전을 하고 있는 것이나 다름없으니까요. 저는 그것을 수호해야만 했습니다. 오로지 문학을 위해서였습니다.

　　교수님, 문학이 제게 어떤 의미인지 잘 아실 겁니다. 문학이란 아름다움을 잃어버린 세계에 남은 작은 불빛이라고, 지극한 감정으로 나아갈 수 있는 항로를 비춰주고 있다고 말입니다. 학부생 때 교양 강의에서 교수님이 하신 그 말씀을 듣고, 저는 경영학에서 문학으로 전공을 바꿨지요. 이후 문학으로 나아가기엔 제 재능이 너무 소박하고 그릇이 작다고 생각했지만, 그런 제 마음을 어떻게 눈치채셨는지 교수님은 대학원 강의에선 '소박한 마음을 지켜주는 것이 문학의 자리일 것'이라고 하셨지요. 그 말씀이 어찌나 위안이 되던지. 어떤 대단한 재능이라고 한들 작디작은 마음의 자리를 짓밟을 수는 없는 것입니다. 위에서 아래로 내려오는 모든 시스템이 그렇듯이 위계를 지키라고. 겸손해지라고. 스승으로서 그에게 엄하게 명해야만 했습니다.

　　그러니 제가 해야 할 일이라면 그의 비평문을 받아소에서 뼈와 고기를 추려내듯 살뜰히 정수만을 발라내 거기에 무차별적인 난자를 가하는 것이어야 했습니다. 그를 올바른 길에 데려다 놓기 위해서라면, 그가 진정한 시를 모른다고 꾸짖어주고 싶었습니다.

　　그러나 비평문을 돌려 볼 때 오히려 주도권을 쥔 것은 진영 씨 쪽이었습니다. 서로의 비평문을 읽어주는 동안 그는 수시로 질문을 하며 저에게 대답을 요구했습니다. 잔혹하고도 난자한 핏빛 이미지는 무엇을 겨냥하는 것인가요? 여기 고립된 주체들이란 무슨 뜻이라고 보시는지요? 저의 견해를 묻는 것은 진영 씨 쪽이었습니다.

그들의 비평문 중에는 저로선 한 번도 들여다본 적이 없는 작품과 시인을 다룬 글이 많더군요. 저는 내용 파악에도 한참이 걸렸습니다. 제가 에둘러 대답을 내놓자 진영 씨는 '그것은 지나친 일반론 아닌가요?'라며 몰아붙이기까지 하더군요. 저는 얼굴이 화끈 달아올랐습니다. 숫제 덤벼든 것이나 마찬가지잖습니까.

시의 고전들도 충분히 익히지 못한 너희들이 다음 스테이지로 넘어갈 수는 없는 일이라고. 주제 선정부터 모조리 잘못됐다며, 저는 분노에 차서 대꾸했습니다. 더는 그들의 비평문에 대해선 이야기 나눌 것도 없었습니다. 기가 차고 시시했으니까요. 아무것도 아닌 쓰레기에 대해서 진지하게 논해야 할 이유가 뭐 하나라도 있습니까? 오히려 잘못된 인간성으로 우리를 끌고 간다면, 오히려 단호하게 거부할 수도 있는 겁니다. 아니, 그것이야말로 진정한 선생이 할 일이죠.

그들이 보는 앞에서 비평문을 찢어버렸습니다. 나머지 시간은 저의 시 관점을 설명하는 강론으로 채워졌습니다. 저는 지금까지 주류적 해석이 안전하게 굳어진 평론을 성실히 익혀왔는데 그것이 얼마나 아늑한 일이었는지, 제가 얼마나 행복했는지. 신춘문예로 세상의 인정을 받았을 때 제가 얼마나 기뻤는지 떠드는 동안엔 그 이야기의 기원이 어디서 흘러나왔는지 저조차도 아연해졌지만, 도무지 중간에서 멈출 수가 없었습니다.

그때였습니다. 그의 표정에서 또다시 싸늘한 웃음이 스쳐 지나간 것은. 그에 대해서 어떤 말이라도 해야 한다고 느꼈지만, 저는 마치 제가 애초에 그렇게 설계된 프로그램이라도 되는 것처럼, 그때와 똑같은 웃음만을 지어 보이고 말았습니다. 황급히 마음의 격랑들을 커튼 뒤에 감추기 위한 웃음이었지만, 이미 늦었다는 사실을 알아버렸습니다.

그때 제 안에서 그동안 잊고 있던 불쾌한 감정과 겁에 질린 표정들이 되살아나고 말았습니다. 처음의 작은 성공 뒤로 반복되던 절망과 초조함, 부족한 재능에 대한 좌절감 같은 감정들. 이를 수면 아래로 넣어주던 이 작은 커뮤니티의 위안. 저는 알았습니다. 그 모든 감정들을 낱낱이 살펴본 뒤에 그가 유유히 빠져나갔다는 점을요. 모든 것을 둘러본 뒤에 끝내 비웃었다는 점을요. 제가 그 감정에 취한 채로 옴짝달싹 못 하고 있을 때, 그는 더 이상 들을 것도 없다는 듯이 자리에서 짐을 챙겨 아무 말 없이 강의실을 떠나버렸습니다. 저는 그를 만류할 수 없었습니다.

그가 떠난 강의실에서 제가 '사람을 때려 죽이기엔 시

집보다는 두꺼운 평론집이 낫다'는 이야기를 했다는 소문도 돌더군요. 그런 말을 했는지 기억이 나질 않습니다.

학교가 경찰 측에 넘긴 자료엔 제가 학교 내부망을 검색한 기록도 있다고 하더군요. 제가 그의 주소를 찾았던 건 사실입니다. 그런데 그게 뭐 어쨌다는 겁니까? 스승은 제자에 대해서 많은 걸 알아야 하는 존재인걸요.

누군가는 제가 그날 이후로 총을 구할 수 있느냐는 말을 하고 돌아다녔다는데. 세상에나, 그게 어떻게 가능하겠습니까. 제가 진영 씨를 해치기라도 했다는 건지. 무엇보다 그가 살고 있는 곳은 좁은 빌라들이 다닥다닥 붙어 있는 동네인데, 총이라뇨. 구할 수도 없거니와 소리 때문에도 안 됩니다. 제 차가 그가 사는 집 근처에 우연히 들어간 적은 있지만, 그게 뭐 어떻다는 건지. 저는 더 할 말이 없습니다.

그는 그저 모든 것에 환멸을 느낀 게 틀림없습니다. 그래서 훌쩍 떠나기로 한 것이죠. 저도 한때는 느낄 뻔한 감정이었지만, 교수님이 그때마다 저를 건져주셨지요. 밝고 즐거운 미래만 이야기하자고. 그때마다 저는 어두운 감정들을 수면 아래에 묻어버릴 수 있었습니다.

저 또한 진영 씨가 더러운 진창에 빠지지 않도록 돌봤어야 했는데, 그 비평 시간에 웃으면서 좀 더 즐거운 이야기를 하자고 할걸. 지나고 나면 모조리 후회만 남는군요.

에 세 이

내 안 의 세 계 를
존 중 하 는 방 식

© 임현석

내 안의 세계를
존중하는 방식

작가란 글을 통해서 자기 자신의 세계관을 보존하고 드러내는 사람들이다. 우리에게 저마다 지켜나가야 할 자신만의 세계가 있음을 환기하는 존재들. 이렇게 정의를 내리고 보니 박지리 작가에 대한 이야기로 시작해보고 싶어진다.

　　박지리 작가와 작품을 알게 된 건 2017년이다. 소설가가 쓴 책 리뷰 기사*를 통해서였다. 해당 기사는 박지리 작가를 인터뷰와 행사에 나가지 않고 다른 작가들과도 어울리지 않던 '은둔의 예술가'로 표현한다. 글쓰기에 몰두하며 당시

*　　장강명 소설가, 「31세에 세상 떠난 박지리 작가를 추모하며」, 조선일보, 2017년 12월 17일, C15면.

기준 장편소설 네 편을 남기고, 2016년 서른하나 나이로 우리 곁을 떠났다는 설명과 함께. 기사를 읽으면서 어떤 작가였는지 궁금해졌다. 발표된 글을 찾게 됐고, 그러면서 신문기사를 통해 작가의 궤적을 거슬러 올라가본 적이 있다.

박지리 작가 이름이 나온 첫 기사[†]는 2010년 2월에 나왔다. '합★체'로 사계절문학상 대상을 받았다는 한 줄짜리 단신 기사였다. 작가가 인터뷰에 나선 것은 해당 수상작이기도 한 첫 책이 출간된 시점이었을 8월로 넘어가서다. 기사[‡] 내용을 보면 그즈음 첫 책 발표 이후 출판사가 주최한 기자 간담회가 있었던 게 아닌가 싶다.

그때 박지리 작가는 소설의 설정(소설 『난장이가 쏘아올린 작은 공』과 혁명가 체 게바라가 등장)을 묻는 질문에 "그냥 쓰다 보니까 그렇게 된 거예요."라고 대답한다. 난쏘공을 인용한 것을 두고 조세희 선생에 대한 오마주라는 식의 대답이 나오길 기대하고 던진 질문일 텐데, 숲속의 노루가 그물을 훌쩍 뛰어넘는 듯한 답변이다.

[†] 기자명 미표기, 「박지리씨 '사계절문학상'」, 한겨레신문, 2010년 2월 18일.

[‡] 이재훈 기자, 「소설가 박지리, 난쏘공과 체게바라 끌어들이다」, 뉴시스, 2010년 8월 24일.

다른 기사§에서 왜 소설을 썼느냐는 질문엔 "그냥." 이라는 작가의 대답이 돌아온다. 덧붙이길 "만화가가 되고 싶었지만 그림을 너무 못 그려서요."라고. 당시 기자가 영향을 받았거나 좋아하는 소설가가 있느냐고 묻자 박지리 작가는 "별로 소설을 안 읽어요. 빨리 읽지를 못해요."라고 대답한다. 대신 숱하게 읽었다고 언급한 책은 만화《배가본드》와 《20세기 소년》.

작가라고 불리는 것을 어떻게 생각하는지 묻는 질문에 작가의 답변은 이렇다. "걱정스럽고요, 복잡……하지는 않은데, 집에서도 엄마가 자꾸 작가라고 그러는데 너무 싫은 거예요. 백수잖아요, 솔직히."

―   '그냥'이라는 대답

현직 기자이기도 한 나는 당시 인터뷰 풍경이 어땠을지 상상이 간다. 기자들이 인터뷰 전에 출판사를 통해 사전 취재하며 준비했을 것으로 추정되는 질문엔 신예 작가 특유

§   허미경 신소영 기자, 「[이사람] 작가된 '만화키드' "소설? 그냥 썼지요"」, 한겨레신문, 2010년 8월 24일, A13면.

의 좀 거창할 수도 있는 작가론이나 글쓰기론이 나올 것이라는 기대가 담겨 있다.

박지리 작가는 글 창작과는 무관한 전공(역사학)으로 대학 졸업 후 한 달 만에 써낸 첫 작품이 세계 청소년문학상에서 한 표 차이로 떨어졌다. 이 작품을 아깝게 여긴 심사위원이 다듬어보라고 조언했고 이듬해 사계절문학상에 출품해 당선됐다. 기자들로선 작가가 습작기를 거치지 않았다는 점과 한 달 만에 완성한 소설로 공모전에 수상한 점이 이례적이라 흥미로웠던 것으로 보인다.

기자들이 던진 질문을 보면, 천재성이라는 틀로 작품에 접근한 것 같다. 당시 20대 중반에 불과한 작가 나이를 고려하면 작가의 세대론적 관점을 듣고자 기대했을지도 모른다. 그러나 이러한 기대를 번번이 무너트리는 답변들. 대개는 첫 작품 이후에 펼쳐질 활동 등에 대해 작가 쪽에서 먼저 의욕적으로 풀어내려는 모습이 더 익숙했을 텐데, 인터뷰는 이런 예상을 철저하게 벗어난다. 그냥이라는 대답으로.

작가의 대표작 중 하나인 『맨홀』에선 청소년 보호관찰소 교육생들이 정말 그냥 일을 저지르고 미래에 대해선 잘 모르기 때문에 '그냥'과 '몰라요'라는 말을 자주 한다는 설명이 나온다. 그 장면을 떠올리면, 작가는 그냥이라는 대답이 기대를 외면하는 일임을, 그럼에도 그냥이라고 답할 수밖에 없는 상황이 있다는 점을 인식하고 있었던 것으로 보인다. 내면에서 자신의 세계를 인식하고 마주하는 일의 불가피성을 아는 사람은 왜 소설을 썼느냐는 질문에 '그냥' 이라고 대답하기도 한다. 그게 가장 정직한 대답이기 때문 이다. 그런 생각에 다다르면 그냥이라는 대답은 태도에 결 부돼 있다는 점을 알게 된다.

자신만의 세계는 그냥 존재하고, 작가는 내면의 목소 리에 귀 기울일 뿐이다. 그리고 재미를 통해서 독자들을 설 득해나간다. 글쓰기의 태도와 관련해 '그냥'이라는 대답은 말로 표현된 것 이상으로 많은 의미를 담고 있다.

— 　　　자신의 세계를 확인하는 방식

글쓰기란 당신에게 어떤 의미이며 왜 쓰느냐는 작가 노트 질문에 대답하기 위해 한참 돌아왔다. 왜 썼느냐는 질문 에 '그냥'이라고만 해도 꽤 괜찮은 대답이라는 점을 알았으 니, 글쓰기에 대해서 좀 더 편하게 이야기해보고 싶다. 그냥 이라는 대답보다 더 나을 게 없다는 걸 알면서도.

10년 전 대학을 졸업할 무렵 국문학 전공자로 대학 원 진학을 심각하게 고민했지만 하지 않았다. 대신 회사를 알아봤는데, 1년간 이력서를 내고 떨어지기를 반복했다. 그 때 소설 쓰기를 통해서 마음을 달래곤 했다. 그 무렵 마침

네이버 웹소설이라는 플랫폼이 막 생겼을 때였고, A4 한 장 분량 정도의 아주 짧은 소설을 써서 아마추어 소설란에 자주 올렸다. 댓글이 달릴 때에 기뻤고, 혹은 댓글이 달리지 않아도 마음이 고스란히 옮겨지면 그걸로 됐다고 생각했다. 소설 쓰기는 나의 세계관을 지키는 일이라는 점을 그 무렵 깨달았다.

이후 용케 회사에 들어갔고 자주 글을 올려야 하는 웹소설 플랫폼에서의 글쓰기는 끝났지만, 나의 세계관을 지켜나가고 싶다는 마음은 결코 사라지지 않았다. 신춘문예라는 제도는 결함이 많으며 좋은 작가가 되는 건 등단 제도 그 자체와는 명백하게 무관하다고, 생각하면서도 신춘 시즌이면 되도록 빼먹지 않고 소설을 써서 응모했던 건 그런 마음 때문이었다. 제도와는 무관하게 늘 쓰는 사람이라는 정체성을 지켜가고 싶었다. 그건 내 안의 세계를 존중하는 방식이므로.

결국 글쓰기란 내 안에 어떤 세계가 있다는 사실을 확인하는 일. 나를 쉼 없이 들여다보려는 태도이자 그해 혹은 그 순간 내가 몸담고 있는 세계를 확장하며 돌이켜보는 일. 그건 결국 기도와도 같은 일. 왜 사람이 기도를 하느냐면, 왜 사람이 글을 쓰느냐면 그냥이라는 말 외엔 떠오르지 않는다.

글을 쓰는 사람으로서 자기 세계에 귀 기울이는 분들

에 공감한다는 말도 남긴다. 글 쓰고 읽는 우리 모두를 응원하는 마음이다. 이 책에 글을 남기신 다른 작가분들을 비롯해 글 쓰는 모든 분들께, 독서를 통해서 타인과 나의 세계관을 맞대보는 독자들을 존경한다. 그리고 감사하다. 쓰고 읽을 당신과 우리.

유
주
현

2022년 매일신문 신춘문예에 「27번」으로
등단 후 작품 활동을 시작했다.

꿈과

광기의

왕
국

윤 여사는 골목을 걷고 있었다. 선득한 바람이 불어올 때마다 눈을 뜰 수 없게 관자놀이가 울려댔으며, 얇은 가죽 단화 속 발가락은 집을 나서자마자 얼어버려 감각이 없었다. 십일월을 며칠 앞두고 논과 마을을 둘러싼 능선은 차갑고 어두운 황톳빛에 물들어 있었다. 길바닥 여기저기에 엉켜 있는 젖은 낙엽을 밟을 때마다 썩은 냄새까지 올라왔다. 그만 집으로 돌아가버리고 싶은 마음이 간절했다. 가지 말자. 그냥 내비려두자, 생각하면서도 윤 여사는 계속해서 걸었다. 문제의 그 집에 누군가 이사를 왔으니 봐주러 가야만 했다.

　　수풀이 잔뜩 우거진 언덕의 중턱에 지어진 그 집. 십자가처럼 마을 어디에서나 보이는 문제의 그 목조 주택은 규모가 작았다. 변기에 앉으면 무릎이 벽에 닿던 화장실, 화장대에 의자를 놓을 만한 여유가 없어서 침대 끄트머리에 앉아 로션을 발라야 하는 좁은 방 하나밖에 없던 그 집은, 그러나 동네 목수가 만든 집들과는 어딘가 분위기가 달랐다. 정확히 육 년 전이었다. 그 집의 두 번째 주인이 좁아터진 욕실 안에서 목을 매달고 자살했을 때가. 경찰과 소방대원 무리가 마을 골목과 언덕을 헤집고 돌아다니는 동안 윤 여사와 마을 사람들은 뒤에서 소곤댔다. 자살로 끝나서 정말 다행이야, 그럼 다행이지, 꼭 뭔 일이 나야겠다면 혼자 조용히 죽어주는 쪽이 우리도……

　　에 다다르자 윤 여사와 마을 사람들은 입을 닫고 각

자의 집으로 흩어졌다. 서로의 마음속 흑점이 선명하게 보였기에 서둘러 외면해야 했다. 새벽 내내 울퉁불퉁한 흙길을 오가는 차량의 울림과 사이렌이 벽 너머에서 들려왔다. 조용해지나 싶으면 갑자기 어둠 속에서 랜턴 불빛이 번쩍거리곤 했다. 잠을 설치던 윤 여사는 이불을 머리끝까지 덮어쓰며 나지막한 목소리로, 결국 욕설처럼 중얼거리고 말았다. 이게 다 인경이네 때문이라고.

언덕에 최초로 집을 지었던 인경이네. 버섯 농사를 짓겠다고 서울에서 내려온 그 부부. 인경의 남편은 자기가 만든 장롱에 들어가 나올 생각이 없어 보이는 분위기를 풍기는 남자였다. 인경은 조금 달랐다. 어떤 종류의 유머든 받아줄 수 있다는 듯, 눈동자가 장난기로 반짝거렸다. 누가 마을의 실세인지 파악할 줄 아는 눈치도 있었다. 집 지을 터를 둘러보고 부동산 계약을 끝내기도 전에 이장보다 먼저 윤 여사를 찾아왔다. 손에는 겹겹의 리본으로 감싸인 과일바구니가 들려 있었다. 교장으로 은퇴한 윤 여사의 남편은 근무기간 내내 너무나 많은 선물을 받아왔다. 꽃다발, 화과자 세트, 종합 비타민, 홍삼 진액, 수건이나 기념 떡은 너무 많아서 주변에 나눠주다 못 해 버린 적도 종종 있었기에, 인경의 과일바구니는 윤 여사의 마음에 아무런 진동을 만들지 못했다. 윤 여사는 잘 부탁드린다는 인경의 첫인사에 아무런 대꾸도 하지 않고 상대를 위아래로 훑었다. 변명 같은 미소를 짓고 있던 인경은 점점 작아지다가 간신히, 울음이라도 터뜨릴 듯한 표정으로, 다시 말했다. 잘 부탁드립…….

안타깝게도 윤 여사는 인경에게 이상하고도 막연한 거부감을 느끼고 있었다. 애가 없으니 화장하고 귀걸이도 찼구나, 이 생각밖엔 들지 않았다. 이사 온다던 부부에게 애가 없다는 소문은 이미 퍼져 있었다.

—향수를 얼마나 쓴 거야?

툭 튀어나온 윤 여사의 목소리에 인경은 눈만 크게 떴다.

—아휴, 머리 아파.

인경은 얼굴을 붉혔다. 향이 센 줄 몰랐다며 어깨를 쭈뼛거리다가 결국 고개를 푹 숙였다.

—죄송해요…….

윤 여사가 인경에게 두 번째로 거부감을 느낀 건, 왜 시골로 온 거냐 물었을 때였다.

—더 이상 버틸 수가 없었거든요. 허영도, 허무도, 텅 비어 있는 모든 것에서 벗어나고 싶었어요.

윤 여사는 한숨을 참지 못했다. 이게 무슨 개 풀 뜯어 먹는 소리람. 인경의 대답은 정해져 있던 것이다. 농사에 도전하고 싶었거나 도시의 삶에 지쳤거나 원래부터 자연을 좋아했다거나. 그에 맞는 윤 여사의 코멘트 역시 준비되어 있었다.

인경의 인생이 궁금하지 않다는 걸, 윤 여사는 순순히 인정했다. 마을과 아무 연고도 없는 사람이 마을에 살겠다고 나타난 게 처음은 아니었다. 집을 새로 짓거나 원래 있던 집을 개조해서 들어온 사람들이 종종 있었다. 다들 오래 버티지 못했다. 인경 부부 역시 이삼 년은 지나야 이웃 대접을 받을 터였다. 그런데 인사치레의 질문에 허영이 어쩌고를 읊을 줄이야. 허무는 또 왜 들러붙느냐는 말이다. 윤 여사는 인경이 자신을 특별한 존재라 여기고 있으며, 어떤 상황에서건 자기의 독특함을 드러내고 싶어 안달 난 여자라는 결론을 내려버렸다. 오냐오냐해 줬다간 별의별 해괴망측한 일을 저지르겠지. 보통 그렇더라고. 자기는 다르다는 거지. 그러니까 이제까지의 방식을 따를 수 없다면서, 어디서 본 적도 들은 적도 없는 멍청한 걸 들고 와서는 인정해달라고 우길 게 뻔해.

윤 여사는 자신의 예감이 적중하는 걸 보며 한편으로 슬퍼졌다. 인경은 마을의 질서를 망치기 위해 나타난 존재처럼 움직였다. 그러니 인경의 결말, 끔찍했던 언덕 집의 마지막 모습 역시 당연한 대가일 뿐이었다.

언덕의 초입에서 윤 여사는 지난 일들에 사로잡혀 있었다. 이상하게 발길이 떨어지질 않았다. 어둡고 두꺼운 구름 사이에서 파리하게 새어 나오는 햇살을 멍하니 바라보기도 했다. 장에 좋은 프리미엄 음료 두 개가 들어 있는 에코백도 견딜 수 없이 무거웠다. 대문을 나선 뒤 바로 야쿠르트를 배달하는 정아 엄마와 마주쳤기 때문이었다. 정아 엄마는 소란스럽게 목소리를 높였다.

　　　─저도 신경이 쓰여서 요 며칠 잠이 안 왔다니까요. 세상에, 그 집에 또 누가 산다는 것도, 심지어 여자 혼자라니. 뭔 일 벌어지면 어쩌나, 걱정되고 하여간 기분이 너무 안 좋아서.

　　　잠이 안 온 게 맞나 싶게 정아 엄마의 뺨에는 분칠이 두터웠다. 전쟁이 나도 립스틱은 챙길 여편네. 윤 여사는 입술 한쪽을 비죽 늘어뜨리다가 그래도 저게 낫지, 생각을 고치며 인자한 표정을 지었다. 머릿속에 딸 수연이 불쑥 떠오르는 걸 막을 수가 없었다. 수연은 윤 여사에게 있어 인생의 역작이었지만, 한편으론 수연의 모든 것이 창피했다. 몇 달 전, 함께 바닷가로 소풍을 나갔을 때처럼 낯부끄러워졌다. 횟집에서 찬그릇을 식탁에 옮겨주던 점원이 고개를 갸웃거리며 수연을 바라봤다. 그런데 남자여, 여자여?

　　　윤 여사는 차라리 죽고 싶었다. 배울 만큼 배운 수연이, 허름한 식당에서 서빙이나 보는 아주머니와 그렇게까지 싸울 필요가 과연 있었을까. 아무래도 이해가 되질 않았다. 애초에 수연이 머리카락을 단장하거나 옷차림새를 부드럽게 유지한다면 해결될 일이었다. 정아 엄마는 야쿠르트 카트 안에서 장에 좋은 프리미엄 음료 두 개를 꺼내 윤 여사의 에코백에 쑤셔 넣었다. 형님 하나, 그 여자 하나, 이렇게 드시면서 얘기 좀 하시고, 어디 사람이 이상한 데는 없나 잘 살펴보고 오시라며. 고작 백구십 밀리리터 음료수 두 개가 이렇게 무겁다니. 정말로 나는 언덕 집에 가는 게 싫구나.

자신의 마음을 다시 깨달은 윤 여사는 결연하게 고개를 가로저었다. 아무리 싫어도 어쩔 수 없지. 나 아니면 누가 저런 데에 혼자 살겠다고 온 여자를 챙기겠나. 나밖엔 없지, 그럼. 윤 여사는 눈에 힘을 주며 발을 내디뎠다.

언덕은 흐릿한 초겨울 안개에 휩싸여 있었다. 누렇게 시든 나뭇가지들뿐인 야트막한 능선 너머로, 그 집의 뾰족한 삼각 지붕이 보일 즈음이었다. 격렬한 닭 울음소리가 윤 여사의 귀에, 어두운 풀숲과 나뭇가지들 사이에 내리꽂혔다. 죽음의 냄새가 섞여 있는 소리였다.

그 집 마당에, 어떤 여자 하나가 벌목도처럼 생긴 칼을 잡고 있었다. 다른 손에는 모가지가 반쯤 뜯어진 채 피를 뿜어내며 발악하는 닭이 쥐어져 있었다. 닭이 날개를 퍼덕거렸고, 사방에 피가 튀었다. 여자의 얼굴에 빗금이 그어지듯 순식간에 핏물이 확 지나갔다. 순간 윤 여사의 아랫배가 긴장으로 단단하게 뭉쳤다. 옆에 있던 대형 들통의 뚜껑은 열기에 들썩거렸다. 여자는 윤 여사를 잠시 바라보다가 갑자기 칼을 내리쳤다. 닭은 그제야 조용해졌다.

"누구?"

윤 여사는 잡상인이 분명한 사람에게도 반말을 사용한 적 없었다. 심지어 여자의 말투는 시건방지기 짝이 없었는데, 윤 여사는 어쩐지 칼날에서 시선을 뗄 수가 없었다. 기다랗고 폭이 두툼한 날은 검붉은 피로 얼룩져 있었다.

부동산 업자가 언덕 집에 드나들자 마을 사람들 표정에 근심이 서리기 시작했다. 또 누가 저 집에 살러 오나 봐. 또 무슨 일이 벌어지겠지. 저놈의 집에 사람만 들어가면 마을이 시끄러워진다고. 윤 여사는 수연과 전화 통화를 하던 중에 새로 이사 온다는 여자 이야기를 꺼냈다. 젊은 여자가, 그것도 혼자서, 어째서 이런 시골에 살겠다는 걸까, 아무래도 이상하잖아.

수연의 목소리엔 굴곡이 없었다. 엄마, 모르는 사람 얘기는 그만하자. 난 안 궁금해.

윤 여사는 계속해서 말했다. 더 이상한 건, 그 여자가 그 집에서 무슨 일이 벌어졌는지 알고도 괜찮다고 했다는 거야. 사연 없는 집은 없다며.

말을 이어가던 윤 여사는 진절머리가 난다는 듯 내뱉는 수연의 숨결에 문득 고함을 칠 뻔했다. 아니, 이년이, 무슨 말을 못 하겠네, 그냥 수다 떠는 거잖아, 너니까, 넌 내 딸이니까, 너도 친구들이랑 남 얘기할 거 아니냐, 남 욕도 하고, 이것저것 다 할 거면서, 내가 너한테 하는 건 왜 싫은데. 그러나 윤 여사는 익숙하게 화기를 가라앉혔다. 그래, 바쁘지, 이만 끊을게, 밥 잘 챙겨 먹고, 일찍 자고. 수연은 말끝을 흐리며 대답하다가 평소처럼 전화를 먼저 끊어버렸다.

"이사 오셨다기에 인사라도 할까 싶어서 왔는데, 저는 저 밑에 사는."

윤 여사는 수연의 명함을 꺼내기 위해 가방에 손을 집어넣었다. 예전엔 남편의 명함을 꺼냈다. 처음 만나는 누군가에게 자신을 소개할 때마다 윤 여사는 그렇게 했다. 저는 살림만 해요. 무슨 일 있거든 저희 남편한테 전화 주세요. 수연이 로펌에 입사한 후부터는 수연의 명함을 내밀었다. 우리 딸인데요, 저는 집에 있는 사람이라 아무것도 몰라요. 무슨 일 있거든 저희 딸한테 전화하세요. 윤 여사에게 남편이나 수연의 명함을 받은 사람들은 그것을 소중하게 여기는 듯한 태도를 보였다. 실제로 남편이나 수연에게 그들의 연락이 닿을 때도 있었다. 방과 후 선생님 자리를 부탁하거나 떼인 곗돈을 어떻게 받을 수 있는지 공짜로 상담해달라는 식이었다.

언덕 집에 새로 온 여자는 피범벅이 된 손으로 그 누구도 함부로 하지 못했던 수연의 명함을 덥석 받았다. 하얗고 조그맣고 빳빳한 종이는 금세 얼룩덜룩해졌다. 더욱 어이없는 건 그다음이었다.

"할머니, 최수연 할머님이세요? 변호사시라고요?"

여자의 질문에 윤 여사는 거의 일 분 가까이 입만 벌리고 있다가 간신히 말을 이었다.

"아니, 우리 딸 수연이…… 우리 딸이 변호사라고요."

"근데 이걸 왜 줘요? 따님이 저한테 명함 주라고 시켰어요?"

"아니, 그게 아니라, 나는 그냥 할머니라서, 말했잖아요, 나는 할 줄 아는 게 없고요, 혹시나 무슨 일이 생긴다면……."

"무슨 일이 생기는데요?"

여자는 정말로 궁금해하고 있었다. 기미가 잔뜩 난 뺨에 호기심인지, 조롱인지 알 수 없는 웃음기가 가득했다.

"뭐, 일단 가지고는 있을게요."

명함을 구기듯 주머니에 욱여넣은 다음 여자는 닭을 들통에 넣었다 빼고, 넣었다 빼기를 반복했다. 놀라울 정도로 야무진 손놀림이었지만, 닭고기 좀 먹자고 저 짓거리를 한다는 자체가 윤 여사에겐 역시나 이상해 보였다.

"마트에 가면 다 팔잖아요……. 깨끗하게 포장된 거…… 예쁜 거…… 다 먹기 좋게 만들어서 파는데 왜 이런……."

윤 여사 같은 건 아무래도 상관없다는 식으로 대꾸도 없이, 여자는 이번엔 닭 털을 뽑기 시작했다. 삶아진 닭에 여자의 손이 닿을 때마다 털이 숭숭 뽑혀나갔다. 윤 여사는 조용히 헛구역질했다.

"제대로 된 음식을 먹는다는 건 참 힘들어요. 애, 병아리 때부터 키웠거든요. 논지엠오 사료만 먹여서 딱 일 년 같이 살았는데. 아침에 일어나면 밥 달라고 꾸루룩 소리 내면서 따라다니던 게 자꾸 생각나고. 괜히 죽였나. 채식은 못 하겠는데 어떡하지."

그러나 윤 여사는 여자의 눈에서 어떠한 슬픔도 찾을 수 없었다. 오히려 여자는 들떠 보였고, 흥분으로 눈가가 벌게져 있었다.

중학교 미술 선생으로 재직했던 윤 여사는 결혼과 함께 일을 그만두었다. 해야 할 일들이 너무 많았기 때문이었다. 최 씨가 최 씨를 낳았고, 그 최 씨가 또 다른 최 씨를 낳았고, 계속해서 최 씨들이 태어났으며, 그중의 어떤 최 씨와 결혼한 윤 여사에게 주어진 삶의 방식이란, 이제까지의 최 씨들과 앞으로 생겨날 최 씨들의 먹고 잠자고 입는 문제에만 골몰하는 것이었다.

어느 순간부터 윤 여사는 다른 인간의 먹고 잠자고 입는 방식에까지 참견하게 됐다. 대부분 비슷하게 먹고 잠자고 입었으나, 가끔은 다르게 먹고 잠자고 입는 존재도 있었다. 윤 여사는 어디선가 갑자기 나타난, 다르게 먹고 잠자고 입으려 하는 인경이네 때문에 미쳐버릴 것 같았다. 나중에 얘기를 들으니 인경은 무슨 가죽 공예를 배우러 다니느라 바쁘다고 했다. 뭐? 가죽을 어쩐다고? 그걸로 돈 버는 거야?

인경은 수줍게 웃었다.

—아직 배우는 단계라 수입은 없어요.

윤 여사는 재차 물었다.

—그럼 배우는 거 끝나면 돈 많이 벌게 되나?

인경은 여전히, 소리 없이 웃었다.

—아마 많이 못 벌 거예요…….

윤 여사는 답답했다. 남편은 온종일 환경에 예민한 버섯 비위를 맞추느라 정신이 없는데, 아내는 웬 수상한 걸 배우러 쏘다닌다니. 돈을 버는 것도 아니고 돈을 쓰면서 말이야. 그건 정상이 아니었다. 어쩌다 인경의 남편이 도시락 가방을 들고 비닐하우스에 들어가는 모습을 보면 윤 여사는 화가 났다. 가끔 반찬이나 과일을 나눠주기 위해 언덕 집에 들르면 좁아터진 집구석은 어수선해서 귀신이라도 나올 것 같았다. 살림이 제대로 되고 있지 않았다. 가죽 공예를 왜 하고 있냐는 윤 여사의 질문에, 인경은 세상에 없던 뭔가를 만들어내는 게 행복하다고 했다.

—그렇게 뭔가를 만들고 싶으면 애를 낳아, 애를 낳으면 돼, 내가 만든 아이란 세상에 없던 완벽한 그 무엇이지.

몇 번인가 인경은 직접 만들었다는 열쇠고리나 동전

지갑을 윤 여사에게 내밀었는데, 윤 여사의 눈에는 그것들처럼 인경 역시 아주 쓸모없어 보였다. 나사가 살짝 빠져 있는 인경. 윤 여사는 인경을 볼 때마다 그런 단어들을 조합하곤 했다. 인경은 자기 자신을 구원한다는 환상에 빠져서 끊임없이 뭔가를 찾아 헤매다가 지쳐버린 것이다. 윤 여사는 혀를 찼다. 무지개 너머 아름다운 어딘가란 결국 허상이야. 그걸 깨닫지 못하면 비극뿐이고.

어깨에 닭 털을 붙인 채로 여자는 윤 여사에게 닭을 먹고 가라고 했다. 반은 굽고 반은 끓일 건데, 구이 맛 좀 보라고. 윤 여사에게 자꾸만 할머니,라는 호칭을 사용하면서.

"할머니, 완전 운 좋으셔. 이런 완벽한 고기는 돈 주고도 못 먹어요."

나는 할머니가 아닌데. 윤 여사는 자신은 할머니가 아니라고 말해주려다가 일단은 식탁 의자를 빼내고, 쿠션에 엉덩이 닿는 소리나 옷자락이 풀썩거리는 소리를 최대한 내지 않도록 조심하며 앉았다. 최 씨들이 좋아하는, 최 씨들이 선호하는, 최 씨들이 요구하는, 대를 잇고 이어서 내려온 그들의 지침을 따르는 것만이 윤 여사에게는 전부였다. 수연은 윤 여사와 달랐다. 목젖이 보이게 웃었고 머리카락은 항상 짧았다. 결혼은 할 수도 있지만 애는 없다고 단정 지었다.

엄마 인생에 더 이상 어린애는 없다는 걸 그냥 받아

들여. 그럼 모든 게 쉬워진다고.

　버터가 지글거리는 그릴 팬에 고깃덩어리들이 던져지자 연기와 냄새가 번졌다. 윤 여사는 여자가 요리하는 모습을 뒤에서 지켜봤다. 왼손으로 프라이팬을 흔들어 고기들을 뒤집었고, 오른손으로는 향신료 잎사귀를 바스러뜨려 백숙 냄비에 쏟아 부었는데, 칼로 닭 몸체를 가를 때처럼 태가 예사롭지 않았다. 여자는 어쩌면 요리사였을지도 모른다. 도시의 큰 레스토랑에서 일했지만, 거만하고 불쾌한 태도로 동료들에게 미움을 샀고, 그래서 오갈 데가 없어진 거지, 저러다 나중에 혼자 늙어 죽게 될.

　윤 여사는 자신의 상상이 그럴싸하다고 생각했다. 프라이팬 속 덩어리들은 빠르게 익어갔다. 표면에 거멓게 그을린 자국이 또렷해졌다. 백숙 냄비에서 물 끓는 소리가 요란해지자, 오가피 나뭇가지를 숭덩숭덩 썰던 여자는 냄비 가까이로 가 기다란 국자를 들고 휘적거렸다. 기름이 타는 듯한 냄새가 날 것 같아 윤 여사는 싱크대 구석에 놓인 구이를 담을 만한 기다란 접시를 바라봤다. 내가 좀 도와줘야겠네. 고개를 끄덕이며 자리에서 일어난 윤 여사는 프라이팬 손잡이를 향해 손을 뻗었다가 고깃덩어리 주변에 흥건한 기름을 발견했다. 설거지할 때 힘들 텐데, 생각하며 주변을 두리번거리다가 선반 유리문 안쪽에 놓여 있는 쿠킹 포일을 발견했다. 윤 여사는 포일을 펼쳐 기다란 접시를 감싼 후에 닭구이를 담았다. 바로 그 순간이었다. 여자가 악을 쓰며 윤 여사의 어깨를 낚아챘다.

"할머니, 미쳤어?"

윤 여사는 여자의 거친 태도에 접시를 떨어뜨릴 뻔했다. 여자의 눈은 분노로 뒤집혀 있었고, 놀랍게도 그건 진짜 분노였다. 공포심이 윤 여사의 목덜미를 스쳤다. 극도로 당황한 윤 여사는 그대로 굳어버렸다. 여자는 윤 여사의 손에서 재빨리 접시를 낚아채 오가피나무를 잘랐던 도마에 구운 고기를 쏟아냈다. 여자의 숨소리가 몹시 거칠었다.

"이거 못 먹는 거 아니냐고, 아니 어떻게 포일에 구운 고기를 올려. 노인네가 노망났나, 더럽게 진짜!"

남편이 운전하는 차가 아닌 혼자 버스를 타고 멀리 나가는 일은 윤 여사에게 드물었다. 사실 거의 없었다. 그럼에도 불구하고, 윤 여사는 새벽 일찍 일어나 남편이 먹을 점심과 저녁까지 만들어 놓은 뒤에 집을 나섰다. 인경의 가죽 공방에서 무슨 행사를 한다는 것이었다. 가족이나 친구들을 불러 그동안 만든 것을 보여주고 팔기도 할 건데, 궁극적으로는 웹 쇼핑몰을 만들기 위한 조사라고 했다. 인경은 윤 여사에게 이렇게 말했다.

―사모님이 꼭 와주셨으면 좋겠어요. 보여드리고 싶어요. 제가 하는 일을.

인경이 그려준 약도를 보고 시내 대로변에서 어느 작은 골목으로 들어간 윤 여사는 좀처럼 그 공방이란 곳을 찾지 못했다. 한참 헤매다가 구불구불한 좁은 길로 들어선 이후, 완전히 방향 감각을 잃어버렸다. 신문을 파는 노점상에 들어가 약도를 내밀며 설명을 구했다. 오토바이 옆에서 담배를 피우던 음식 배달부에게 여기가 어디쯤인지 묻기도 했다. 막상 힘들게 인경의 공방에 도착했을 때, 윤 여사는 노여움에 주먹 쥔 손을 부들부들 떨었다. 공방은 낡고 지저분한 삼 층 건물의 일 층에 자리 잡고 있었는데, 건물의 이 층과 삼 층은 바로크라는 이름의 여관이었다. 공방과 바로크 여관이 있는 건물은 거대한 모텔촌에 속해 있었다. 엔젤트리, 호텔 쉼, 코지하우스, 렉스 모텔, 쎄느장 하는 간판들과 함께 주차장 입구에 길게 드리워진 숄 사이로 남녀가 들어갔다 나오는 모습이 보였다.

공방에 들어서자 퀴퀴한 냄새에 눈을 뜨기가 힘들었다. 가죽 냄새인지 곰팡이 내인지, 어쩌면 둘이 뒤섞여 견딜 수 없이 고약한 냄새를 만들어낸 것일지도 몰랐다. 게다가 자기들 딴에는 파티랍시고 풍선이며 레이스 들을 벽과 천장 곳곳에 붙여 뒀는데, 웃음이 터질 정도로 한심해 보였다. 어쨌든 윤 여사는 미술 대학을 졸업한 사람이었다. 저런 감각으로 뭘 만들겠다고. 윤 여사는 인경의 공방이 너무나 싫은 나머지 팔 안쪽이나 목덜미를 긁어댔다. 공방의 입구 왼편에는 간식과 음료수를 올려둔 기다란 테이블이 있었는데, 주황색 잼이 발린 동그란 쿠키들 위에서 알록달록한 광채를 내뿜는 파리 한 마리가 쉴 새 없이 날아다녔다. 인경의 가죽 공예 선생이라는 사람이 손을 내저으며 파리를 쫓았다. 수염을 덥수룩하게 기른, 책상에 앉아서 공부하는 모습 같은 건 전혀 연상되지 않는 불쾌한 분위기의 남자였다. 인경이 선생에게 윤 여사를 소개하는 중에도 그는 파리를 쫓았다. 갓 명문대에 입학한 딸 수연에 관한 이야기를 하는 윤 여사에게 내어줄 관심 따윈 없다는 듯 초점 없는 표정으로 고개를 끄덕거리면서.

파티에 모인 사람들은 다들 인경의 선생과 비슷한 태도로 윤 여사를 대했다. 유일하게 윤 여사를 알고 있는 인경마저 귀 주변의 잔머리가 땀으로 촉촉하게 젖은 채, 손님들에게 핸드메이드 가죽 소품을 소개하느라 바빴다. 어느 순간 윤 여사는 물기로 눅눅해진 종이컵을 들고 혼자 공방 구석에 서 있었다. 무엇보다 끔찍한 건 건물이 어떤 형태로 증축된 건지 두 개의 층을 분리해주는 복도와 계단이 없다는 사실이었다. 바로크 여관에 가기 위해선 무조건 일 층에 난 공방 현관을 지나쳐야 했다. 술로 벌겋게 달뜬 늙은 남자가 서른 살은 족히 어려 보이는 여자애의 어깨를 끌어안고 들어와 인경과 선생에게 아는 척을 했다. 그동안 열심히 자르고 꿰매더니 이제는 장사도 하냐며, 축하한다는 인사를 건넸다. 윤 여사는 방 안에서 늙은 남자와 어린 여자가 뭘 할지를 상상해버렸다.

　　늙다리는 인경이 만들었다는 캐멀색 가방도 하나 샀다. 그건 윤 여사가 며칠 전 오일장 매대에서 본 것과 비슷한 모양새였다. 너무나도 익숙하고 흔한 무엇이었다. 인경은 가방을 포장해서 건네준 뒤 신난 표정으로 달려와 윤 여사의 손을 움켜잡았다. 인경의 손가락 마디마디엔 굳은살이 박여 있었다. 가죽을 만지면 만질수록 손이 거칠어진다며, 인경은 기분 좋게 웃곤 했다. 윤 여사는 그것도 싫었다. 네 손을 봐, 이 틀려먹은 공방을 보라고, 먹고 잠자고 입는 문제의 정답을 어디에서도 찾을 수가 없는데, 너는 어째서 활짝 웃는 거지?

　　윤 여사가 인경의 손을 내칠 방법은 하나뿐이었다. 나도 뭐 하나 사줘야지, 가방이 제일 비싼가, 하면서 지갑을 꺼내는 것. 인경은 그러지 않으셔도 되는데, 하면서도 가방을 여러 개 보여줬다. 윤 여사는 인경이 보여주는 모든 것을 향해 다 마음에 든다며 고개를 끄덕였다. 카드 결제액은 십오만 원이었다. 거지 같은 가죽을 이어 붙인 다음에 십오만 원을 뜯어가다니. 윤 여사는 혹시 내가 만 오천 원을 잘못 읽었나 싶어서 숫자의 단위를 몇 번이나 확인했다. 윤 여사가 영수증에 눈을 바짝 붙여서 들여다보고 있을 때, 현관문이 열렸다. 헐렁한 양복을 입은 중년 남자와 투피스 차림의 중년 여자였다. 중년 커플은 이 층으로 향하는 계단을 반쯤 올라갔다가 다시 내려왔다. 팔짱을 끼고 공방을 몇 바퀴나 빙빙 돌면서 키득거리다가, 윤 여사 곁으로 다가왔다.

—뭐 샀나 봐요?

윤 여사는 눈을 내리깔며 고개를 돌려버렸다. 인경이 대신 대답했다. 가방으로 사셨어요. 이탈리아 천연 가죽으로 만들어진 제품인데. 중년 남자는 인경의 말을 자르며 그런 건 얼마나 하냐고 물었다. 중년 여자는 안 사줘도 되는데, 하며 꺄르르 웃었다. 인경은 십오만 원이라고 말했다. 중년 남자는 갑자기 목소리를 높였다. 뭐?

—십오만…….

—뭐어?

인경은 머뭇거리다가 특유의 변명 같은 미소를 지었다.

—이거는 십오만 원이요, 이쪽은 이십팔…….

—이따위 게 무슨 십오만 원이야!

중년 남자는 카악 소리를 내더니 바닥에 침을 뱉었다. 선생이 인경 곁으로 다가와 섰다. 팔을 휘적거리며 파리를 쫓을 때와는 눈빛이 달랐다. 윤 여사는 인경과 선생의 간격을 유심히 지켜봤다. 인경의 목소리는 심하게 흔들렸다.

—다 이유가 있어요, 이해 못 하시겠지만 십오만 원인 이유가…….

—이거 완전 도둑놈의 새끼들이네. 세상이 좆 같으니까 별놈의 사기꾼들이 다 지랄들이지 아주.

　선생은 무언가를 기다리는 듯이 입을 꾹 다문 채 인경만 바라봤다. 지랄이 어쩌네 하는 중년 남자를 앞에 두고, 인경과 선생은 눈으로 대화를 나누는 듯했다. 울음을 터뜨릴 것 같던 인경의 표정이 놀랍게도 차분해지기 시작했다. 그 모습을 보자 이번엔 윤 여사의 입에서 지랄, 소리가 튀어나갈 뻔했다.

　—그래도 십오만 원이에요. 무슨 일이 있어도 십오만 원이고 십 원도 깎아줄 생각 없으니 안 살 거면 올라가서 붕가붕가나 하세요.

　인경이 말하자 선생은 잘한다는 듯 고개를 끄덕였다. 윤 여사는 수치스러워서 견딜 수가 없었다. 마치 정신을 폭행당하는 느낌이었다. 집으로 향하는 버스에 올라타며 윤 여사는 이제 저 여자를 멀리해야겠다고 결심했다. 그 둘 사이엔 뭔가가 만들어져 있었고, 그건 스승의 은혜 따위가 아니었다. 인경에 대한 증오심으로 머리가 터질 것 같았던 윤 여사가 간신히 집에 도착했을 때, 가장 먼저 보인 건 현관 중문 너머 거실로 이어지는 복도 구석에 버려진 아이스크림 포장지였다. 한겨울에도 차가운 음료만 마시는 남편은 윤 여사가 없을 때마다 아이스크림에 손을 댔다. 개수대엔 남편이 먹은 점심과 저녁의 흔적이 그대로 남아 있었다. 장조

림 통 위에 겹겹이 그릇들을 포개 놓아 기름 낀 간장 국물이
거무스름하게 말라비틀어진 채였다.

올바르게 살 생각이 없는 거지. 윤 여사는 혀를 차며
강철 수세미를 손에 쥐었다. 뜨거운 비눗물에 식초와 베이
킹 소다를 잔뜩 풀었는데도 간장 국물은 마치 인쇄된 그림
처럼 그릇 표면에 들러붙어 떨어지질 않았다. 윤 여사는 수
세미 잡은 손에 더욱 힘을 줬다. 그러면서 생각했다. 나는 다
하고 있다고, 그러니까 너도 해야지. 윤 여사는 결국 개수대
를 향해 수세미를 패대기쳐버렸다. 얼기설기 쌓여 있던 그
릇들이 와르르 무너지며 요란한 소리가 났다. 계란말이용
접시는 귀퉁이가 살짝 깨져나가기까지 했다. 윤 여사의 남
편은 저녁 뉴스를 보다가 주방으로 달려왔다.

—무슨 소리 안 났어?

윤 여사의 대답을 듣기도 전에 남편은 티브이를 향해
고개를 돌렸다.

—그런데 물이 어디 있지?

남편은 뭔가 필요할 때마다 그건 어디 있지,라는 화
법을 사용하는 사람이었다. 윤 여사는 남편이 어디 있지,라
는 말을 꺼낼 때마다 뒤통수를 갈겨버리고 싶었다. 물은 냉
장고에 있죠. 윤 여사가 말하자 남편은 하하 웃으며 그렇지,
냉장고에 있지, 말했다. 여전히 시선은 야구 중계로 시끄러
운 브라운관에 둔 채였다. 윤 여사는 어쩔 수 없이 고무장갑

을 벗었다. 컵에 물을 따라주자 남편은 시원하다는 듯 꿀꺽
거리고는 다시 소파에 앉았다. 그날 늦은 새벽, 갑작스럽게
사이렌 소리가 울려 퍼져 마을을 뒤집어 놓자 남편은 윤 여
사의 어깨를 흔들었다. 목소리엔 졸음이 가득했다. 아, 귀마
개가 어디 있지.

　　윤 여사는 귀마개를 찾아 남편에게 건네준 뒤 대문
밖으로 나왔다. 구급차와 경찰차가 줄줄이 언덕 집을 향해
올라가는 모습이 보였다. 마을 사람들 역시 대문 밖으로 얼
굴을 내민 채 언덕을 바라보고 있었다. 호기심과 두려움이
뒤섞인 기묘한 표정들이었다.

　　유기농 버터에 구워진 닭구이의 맛을, 윤 여사는 좀
처럼 가늠할 수 없었다. 여자는 눈을 부라리며 은박 포일에
열기가 닿을 시 방출되는 알루미늄의 위험성에 대해 복잡한
용어까지 들먹이며 떠들어댔다. 웬만해서는 말을 멈출 것
같지 않았다.

　　가끔 딸이 서울에서 내려오면 윤 여사는 남편과 함께
마당에 그릴을 펼쳤다. 고기를 굽는 동안 포일로 감싼 고구
마가 숯덩이 사이에서 잘도 익어갔다. 철이 되면 조개를 굽
기도 했다. 남편은 껍데기 채로 구운 걸 좋아했고, 수연은 살
점을 떼어내 은박 접시에 담아 초장과 치즈를 넣어 끓인 걸
좋아했다. 여자가 열변을 토하는 동안 윤 여사는 자기 삶의

행적 중, 포일을 이용해 만든 요리들을 떠올렸다.

할머니 듣고 있는 거야? 잔소리의 중간중간, 여자는 개를 부르는 것처럼 윤 여사에게 손가락을 탁탁 튕겼다. 만난 지 삼십여 분도 채 되지 않은 어른에게 함부로 대하는 꼬라지라니. 분명히 앞으로 마을은 또 시끄러워질 것이다. 평생 살림만 해온 내 앞에서 음식이 어떻고 청결이 어떻고를 떠들어대는 자체가 윤 여사에겐 코미디처럼 느껴졌다.

"알루미늄 좀 먹는다고 안 죽어요. 별거 아닌 걸로 유난 떨지 말아요. 옛날엔 다 이렇게 먹고 살았다고요."

윤 여사는 잠시 입을 다물었다가, 시작한 김에 끝내야겠다는 생각으로 말을 이었다.

"나한텐 당신만 한 딸이 있어요. 우리 남편은 중학교 교장 선생님으로 은퇴했고요. 우리 딸은 아까 명함 봤잖아요. 그쪽은 뭐 하는 분인데요? 뭐 얼마나 잘났기에 지금 나한테 그런."

여자는 윤 여사의 호통에 짐작도 할 수 없는 외국어를 들은 듯 잠시 머뭇거리더니 곧 화통하게 웃었다. 그러더니 윤 여사를 향해 이리 와보라 손짓하며 앞장섰다. 목조 주택의 하나뿐인 방. 죽음과 죽음이 물들어 있는 그 방의 문이 열리자, 가장 먼저 보인 건 대형 모니터 두 대가 설치되어 있는 큼지막한 책상이었다. 책이 가득한 책장과 바닥에 어수선하게 흩어져 있는 서류 낱장은 보이지도 않을 정도로 압도적인 크기의 책상이 있었다. 윤 여사가 책상의 정체를 파악하려 애쓰는 사이에 여자는 컴퓨터의 전원 버튼을 누르고 분주하게 마우스를 움직여, 모니터에 어떤 영상 하나를 띄웠다. 벌거벗은 남녀가 뒹굴고 있는 영상이었다.

"저는 번역가인데요."

화질은 조악했고, 내용은 화질보다 더 최악인 영상이었다. 남녀 둘이서 뒹구는 와중에 갑자기 풍선을 든 삐에로가 나타나는 것으로 시작되었다. 삐에로는 정사 중이던 남녀를 몰살시키고 길을 떠난다. 벗고 뒹구는 남녀, 벗고 뒹구는 여여, 벗고 뒹구는 남남, 모두가 삐에로에게 살해당했다. 섹스를 할 때마다 삐에로가 나타나 사람을 죽인다는 괴담이 영화 속 세상에 퍼져나가기 시작한다. 그런데도 사람들은 욕구를 참지 못했다. 극장 개봉 없이 브이오디에 풀리는 에로 영화라고, 여자는 윤 여사에게 설명했다. 말도 안 되는 전개 속에서 대사도 몹시 간단했다. 영어가 짧은 윤 여사는 나도 번역할 수 있겠다고 코웃음을 치면서도, 침을 꿀꺽 삼켰다. 영상에서 눈을 뗄 수가 없었다.

"전문 서적처럼 어려운 번역이나 에로 영화나 페이는 비슷한데 보다시피 쉽잖아요."

여자의 태도는 이상하리만치 당당했다. 이보다 완벽한 정답은 없다는 것처럼 책이나 방송사 프로그램을 맡을 때도 있지만, 에로 영화를 번역하는 게 제일 좋다고 했다.

"따님이 뭐 변호사? 변호는 염병. 그런 골치 아픈 일을 왜 합니까. 에로 영화를 번역하면 적게 일하고 많이 버는데. 내가 보기에 나보다 잘난 사람은 없다고요."

그러고 보니 여자의 손에는 왜인지 식칼이 들려 있었다. 누런 기름이 번들거리는, 고춧가루까지 군데군데 묻어 있는 칼날을 흔들며, 여자는 에로 영화 번역의 위대함을 예찬했다. 영상 속 삐에로는 하염없이 칼을 휘둘렀다. 선명하지 않은 화면 속에서 케첩 같은 피가 계속해서 튀었다.

윤 여사는 마을 어귀의 버스 정류장에 도착하자마자 인경의 가방을 쓰레기통에 버렸다. 가방의 하반부에는 보일 듯 말 듯한 크기의 필기체가 새겨져 있었다. 인경은 선생 앞에선 약간 태도가 달랐다. 가볍게 까불거리며 선생의 목 근처 윗옷을 겁 없이 쑥 내리기도 했다. 여기에도 있어요. 선생의 목덜미에도 똑같은 문장이 짙은 남색으로 새겨져 있었다. 윤 여사는 눈을 가늘게 뜨며 해석했다. 나는 진실을 향해 전진했다,라는 문장이었다. 윤 여사는 곧바로 언덕 집으로 향했다. 인경의 남편에게 공방에서 보고 느낀 것들을 모두 말했다. 인경의 가죽 공예 선생에 대해 길고 길게 묘사할 필요가 있었다.

그날 밤, 인경과 남편은 말싸움을 벌였다. 말싸움은 몸싸움으로까지 이어졌고 휘청이던 남편은 화장대 끄트머리에 머리를 부딪치며 그 자리에서 죽었다. 살인 사건 조사를 위해 경찰들이 자주 들락거렸는데, 마을엔 밥을 사 먹을 만한 식당이 없었기에 윤 여사는 거의 한 달이 넘는 시간 동안 그들을 집으로 불러 점심을 먹였다. 타인의 먹고 잠자고 입는 문제는 윤 여사의 전부였다. 마을 사람들은 윤 여사를 칭찬했다. 사모님이 고생 많으세요, 원래 나쁜 사람들 때문에 착한 사람이 고생하는 법이야, 이 세상이란 게 그렇게 굴러간다고, 그런데 이상하지, 그 새댁 착했잖아, 남자도 괜찮았는데, 둘 다 순한 사람들이었는데, 그러니까 그 집이 문제인 거지, 그 집에 뭐가 있었던 거야, 사람을 돌게 만드는 뭔가 도사리고 있다가.

　　　다들 언덕 집에 무서운 무언가가 있다고 수군거렸다. 그랬기에 윤 여사는 변호사인 딸 수연을 모욕하는 여자에게 대항할 수 없었다. 언덕 집엔 뭐가 있으니까. 언덕 집에 사는 사람들은 모두 끝이 더러웠다. 가족을 죽이고 자신을 죽였지. 이 여자도 마찬가지야. 이미 제정신이 아닐지도 몰라. 눈빛도 정말 끔찍해. 아까는 닭도 죽였지. 그래, 이 여자는 남이 섹스하는 영상이나 주야장천 바라보면서 외딴곳에 혼자 사는 미친……. 윤 여사는 어떻게 침착함을 유지해야 할지 알 수 없었다. 여자의 칼 솜씨를 이미 목격한 후였으며, 광기가 언제 시작될지 그건 아무도 모르는 일이었다.

　　　"난 그저 인사나 하러 온 거예요. 방해됐다면 미안해

요."

여자는 히죽거리며 영상 속 삐에로를 바라보고 있었
다. 윤 여사가 세상에 하나뿐인 자식을 대할 때보다 애정 어
린 눈동자를 빛내면서. 윤 여사는 천천히 발을 움직여 뒷걸
음질 치기 시작했다. 뒷걸음질이라니. 견딜 수 없이 치욕스
러웠지만, 여자에게 뒷모습을 보이는 게 더 두려웠다. 조심
스럽게 방 문턱을 지난 뒤로는, 거의 달리듯이 현관을 향해
움직였다. 그러면서도 발소리를 내지 않는 자신이 한편으론
대단하게 여겨졌다.

"할머니."

막 가죽 단화에 발을 집어넣으려던 윤 여사는 어느
새 뒤에 붙어 서 있는 여자를 보고 딸꾹질을 해버렸다. 발소
리를 내지 않는 사람이 여기 또 있었다. 여자는 아주 천천히,
칼을 쥐고 있던 손을 들었다.

"가져가셔야죠."

여자는 소파에 놓여 있는 윤 여사의 가방을 가리키고
있었다. 윤 여사는 재빠르게 소파로 달려가 가방을 낚아채
려다가, 폴리 소재 에코백의 무게에 깜짝 놀랐다. 음료수 두
개를 잊고 있었다.

"이거 봐요……. 동네 사람이 그쪽 주라고 했던 거예
요."

여자는 칼을 쥔 손으로 음료를 받아 들었다.

"우린 다 그쪽을 걱정하고 있어요. 우리 마을 사람들은 다 친절하다고요. 여자 혼자서 이런 데에 산다니까 다들 신경이……."

신경이 쓰여 도와주고 싶어 한다고 말하려던 윤 여사는 경악에 찬 숨소리를 내뱉어버렸다. 여자가 들고 있던 칼로 장에 좋은 프리미엄 음료 팩을 마구 찔러대기 시작한 것이다. 칼날에 종이 팩이 찢어지고 보랏빛 희부연 액체가 솟구쳤다. 사방팔방에 피처럼 튀었다. 장에 좋은 프리미엄 음료는 순식간에 죽어버렸다. 여자는 에로 영화 속 삐에로처럼 칼을 휘두르다가, 겁에 질려 바닥에 주저앉은 윤 여사를 향해 고함을 질렀다.

"당이 삼십사나 되잖아, 삼십사! 더블류에이치오에서 규정한 하루 당 섭취량이 몇인지 알아? 할머니, 당뇨 있지? 이런 걸 몸에 좋다고 마시는 사람치고 당뇨 없는 사람이 없다니까!"

정말로 윤 여사는 가벼운 당뇨를 앓고 있었지만, 매년 수연이 직접 예약해주는 건강검진에서 의사는 윤 여사에게 관리를 잘하고 있다며 칭찬해주곤 했다.

"당뇨 있어, 없어?"

윤 여사가 입을 열지 못하자 여자는 더욱 윽박질렀다.

"아, 있냐고 없냐고! 빨리 말해!"

"있는데……."

"거봐, 있잖아. 그런데 이런 걸 들고 다녀? 이딴 쓰레기를 먹으려고 했어?"

여자의 호통은 오금이 저릴 정도였다. 윤 여사는 억울했다. 알루미늄부터 시작해 먹기 싫으면 조용히 버릴 것이지 왜 저러는지, 왜 미친 사람처럼, 죄 없는 음료수를 왜, 내 딸은 결혼도 출산도 거부하고 있단 말이야, 어째서 늙은이한테 가혹하게, 인경이 남편 옆에서 얌전하게만 있었어도, 난 잘못한 게 없는데. 윤 여사는 이 혼란이 어디에서 생겨난 것인지 도무지 알 수 없었지만, 자신도 모르게 이렇게 말해 버렸다.

"죄송해요……."

언덕 집에서 나와 골목으로 접어든 지 얼마 안 되었을 때, 뒤에서 야쿠르트 전동차가 굴러오는 소리가 들렸다. 윤 여사는 정아 엄마에게서 느껴지는 익숙함에 문득 울음을 터뜨릴 뻔했다.

"어때요, 사람 괜찮아 보여요?"

윤 여사는 입을 열지 못했다. 침묵이 이어지기 시작하자 정아 엄마의 표정이 굳었다. 정아 엄마는 얄팍하게 입을 놀릴 사람이 아니었다. 귀신 들린 집이나 귀신에 먹힌 집이나, 아무튼 그런 유의 말을 입 밖에 꺼낸 적이 없었다. 언덕 집에서 두 번째 주인이 자살했을 때, 마을 사람들을 향해 입 함부로 놀리지 말라며 목소리를 낮추기도 했다. 그렇기에 정아 엄마가 사모님이 아닌 형님이라는 호칭을 사용해도 윤 여사는 봐줬다. 야쿠르트 전동차에는 손님들이 마시고 버린 빈 음료 팩으로 빵빵해진 비닐봉지가 걸려 있었다. 거의 다 장에 좋은 프리미엄 음료 팩이었다. 윤 여사는 자신도 모르게 한숨을 내쉬었다.

"혼자 사는 여자가 다 그렇지 뭐, 내가 많이 도와줘야 할 것 같아."

마치 정신을 폭행당하는 기분이었다. 언제인가 분명 이런 기분을 느낀 적이 있었는데. 윤 여사는 슬쩍 고개를 돌렸고, 그러자 버스 정류장이 눈에 들어왔다. 그 옆의 쓰레기통도 보였다. 인경이 만든 가방을 처박아 버린 쓰레기통이었다. 가방에 적혀 있던 문구, 가죽 공예 선생의 목덜미에 새겨져 있던 문구. 윤 여사는 중얼거렸다. 거기에 뭐라고 쓰여 있었더라. 정아 엄마는 또다시 목소리를 높이며 윤 여사의 손을 잡았다.

"그래요, 역시 우리 마을엔 형님밖에 없다니까요."

정아 엄마는 목장갑을 끼고 있었다. 윤 여사는 목장 갑에 스치는 자기의 살갗을 느낄 수 있었다. 몹시 차갑고 부드러웠다. 마치 마트 냉장고에 진열된 생닭 같았다.

* 꿈과 광기의 왕국
미야자키 하야오 감독 다큐멘터리 제목을
차용했습니다.

† 나는 진실을 향해 전진했다
신재인 감독 단편영화 〈그의 진실이
전진한다〉에서 인용했습니다.

나는 종종,
우리의 놀이공원을
소설이라 부르곤 한다

ⓒ Sally k

나는 종종,
우리의 놀이공원을
소설이라 부르곤 한다

—   1

어떤 놀이공원이 있다. 높게 날아가는 풍선이 보이고 팝콘이
튀겨지는 냄새가 가득하다. 퍼레이드의 음악도 끊임없이 들
려온다. 밤이 되면 반짝이는 조명과 불꽃이 공중을 밝힌다.
놀이공원의 문은 닫히지 않는다. 그 누구도 놀이공원을 떠나
지 않는다. 사실은 벗어날 수 없는 쪽에 더 가까워 보이기도
한다. 어느 날, 튤립이 가득한 화단 구석에 비죽 팔을 뻗은 채
쓰러져 있는 시체 한 구가 발견되더라도 빛과 웃음과 캐러멜
냄새와 폭죽의 화약 냄새는 멈추지 않을 것이다.

　　그 놀이공원은 나와 함께 있다. 내 몸 어딘가에 박혀
있다.

나는 종종, 우리의 놀이공원을 소설이라 부르곤 한다.

—   2

　낮과 밤의 경계가 없는 데에서 오래 머물러 있었다. 새벽에도 커피가 필요하며, 무언가를 지시하는 목소리, 여러 대의 키보드가 동시에 딸각거리는 소음으로 뒤범벅된 곳이다. 새까만 창밖과 잠들 수 없는 사람들 속에 있다 보면 예전에 봤던 다큐멘터리가 생각나곤 했다. 백야를 맞이한 북유럽 사람들의 일상에 관한 영상이었는데, 진지한 투의 나레이션이 문득 이런 문장을 읊었다. 어둠이 찾아오지 않는 이 기간에 단연코 중요한 것은 커튼입니다.

　그래서 밝아지지 않을 것만 같은 창밖과 도무지 끝나지 않는 일거리들을 앞에 두고 자꾸만 나는 커튼에 사로잡혔다. 낮과 밤의 경계가 없는 나라에서 커튼을 만들며 먹고 사는 육체노동자에 관한 이야기가 머릿속에서 제멋대로 만들어졌기 때문이었다. 결말은 매번 달랐다.

　결말을 좀처럼 결정지을 수 없을 땐 육체노동자의 손에 닿아 있는 커튼 자락을 집요하게 상상하곤 했다. 어떤 재질의 천이고, 어떤 무늬가 있으며, 어떤 광택을 내는지 골몰하다가, 우리의 육체노동자가 진정으로 원하는 게 뭔지, 단한 번도 고민하지 않은 채로 그 이야기를 끝내버린 적도 있었다. 퇴근이 도래했기에 어쩔 수 없었다. 집으로 돌아간 후에는 그 커튼이 무슨 색이었는지조차 까먹어버렸다. 때때로, 커튼을 만드는 육체노동자에게 가학적으로 굴 때도 있었다. 잔인해지는 건 몹시도 쉬웠다. 낮과 밤의 경계가 없는 곳에서 어떻게든 도망치고 싶었기에 커튼을 만드는 육체노동자를 마음대로 찢어발겼다.

그런 식으로 만들어진 이야기들을 다른 이들에게 보여줬는데, 대부분 별로라는 평을 들었다. 그러자 내가 많이 외로워졌다. 외로워질수록 나는 커튼을 만드는 육체노동자와 나를 혼동하기 시작했고, 이야기 안에서 나와 육체노동자가 뒤섞이자, 그걸 읽은 사람들이 괴로워졌다. 심지어 나와 육체노동자를 저주하는 듯한 표정을 짓기도 했다.

모든 게 멈춘 건, 낮과 밤의 경계가 없던 그곳에서 추락한 후였다. 사무실 한쪽에 못 보던 문이 생겨서 열어봤더니 곧바로 공중이었다. 나는 바닥으로 떨어졌다. 뜨겁게 달궈진 아스팔트 위에서 한동안 그대로 누워 있었다. 누운 채로 어떤 소파를 생각했다. 그건 커튼을 만드는 육체노동자를 위한 소파였다. 나는 소파를 만들기로 했다. 뼈가 부서지고 혼자 울어야 하고 내일이 다시는 오지 않았으면 절망하다가도 앉는 순간, 예상치 못한 위안을 받을 수 있는, 안락하고 작은 소파를.

이것들은 모두 실재하지 않는다.

신호등의 색이나 초침과 분침이 가리키는 방향처럼 명확하지 않기에, 순간 기분이 내키는 대로 환상과 위로를 만들겠다며 떠드는 것처럼 보이기도 한다. 심지어 난 그릇이 크지 못하다. 누군가가 다가와 소파를 좀 만들어 달라거나, 놀이공원에 들여보내 달라 부탁한 적 있었는데, 난 어버버 거리다가 뭔가를 갖고 싶다면 돈을 내라고 대답해버린 적도 있었다. 상대를 우울한 쪽으로 밀어낸 후에는 나 역시도 침울해진다는 것을 알면서도, 그랬다. 또 잘못된 문을 열어버렸다. 또다시 추락하는 것이다.

떨어진 채 한참을 누워 있었다. 밤공기에 젖은 흙에서 싱싱한 비린내가 났다. 눈꺼풀이 가물거릴 때마다 색색의 꽃송이들이 보였다. 튤립이었다. 나는 피범벅이 된 채로 놀이공원의 튤립 화단 구석에 팔을 비죽이 뻗은 채 처박혀 있었다.

그 누구도 영원히 탈출할 수 없는 놀이공원.

때 탄 동전이 가득한 저금통을 들고 일 년에 단 하루뿐인 휴가를 즐기기 위해 놀이공원을 찾은, 커튼을 만드는 육체노동자.

어쩐지 이야기를 만들 수 있겠다는 생각이 든다. 그러

니까 이건 암묵적인 규칙과 상식이 아니다.

오직 이야기로만 가는 길이다.

박
민
경

2022년 세계일보 신춘문예에
「살아 있는 당신의 밤」으로 등단 후
작품 활동을 시작했다.

긴

하
루

병철은 아파트 로비를 나서자마자 오늘 오후에 눈이 올 거라는 걸 알았다. 이쯤 되니 그냥 알 수 있는 것들이 있다. 아이를 키우면 울음만 듣고도 기저귀를 갈아달라는 건지, 밥을 달라는 건지 알게 되듯이. 그런 비상한 감각을 터득하게 된 건 언제부터였을까.

아내는 유난히 비에 민감했다. 빨래를 개다가 문득 우산 가져가요, 하는 식이었다. 아내가 하는 말이라면 일단은 묵혀두고 곧잘 잊는 병철이었지만 예보에도 없던 비에 몇 번이나 흠뻑 당한 뒤 그 말만은 거역하지 않았다. 아내가 죽고 나서는 차에 우산을 싣고 다녔다. 갑작스럽게 젖어도 서글프지 않을 수 있는 건 마른 옷을 건네줄 누군가가 있을 때의 이야기였다.

병철은 트렁크에 여벌의 우산이 있는지 확인한 뒤 시동을 걸었다. 히터를 틀까 하다가 말았다. 같은 코스를 도는데 왜 유독 1호차만 기름값이 많이 나오느냐고 센터장에게 불려갔던 것이 고작 2주 전이었다. 꼬박 반나절을 자문하다 그 말이 송영 차량을 타고 출퇴근을 하지 말라는 무언의 압박임을 겨우 깨달았다.

누구는 나이를 먹으면 느는 건 눈치뿐이라는데 나는 그것도 모르고…….

하지만 병철은 눈치가 없을지언정 양심이 없진 않았다. 병철은 맹세코 자신의 편의를 위해 송영 차량을 사용하지 않았다. 익일 운행 스케줄을 보고 센터에서 가까운 곳에서 픽업을 해야 하는 경우엔 차를 두고 갔고, 픽업 시작 지점이 집과 가까운 경우에만 차를 가져갔다. 그 편이 오히려 기름값이 덜 나온다는 걸 모르고 하는 소리였다. 게다가 차량 등록을 했어도 송영 차량은 엄연히 병철의 소유였다. 병철은 억울했다. 전임 센터장이었던 백은 한 번도 문제 삼지 않은 일이었다. 결국 문제는, 사람이 문제를 삼아야 문제가 되는 거라고 말했던 건 둘째 놈이었던가, 첫째 놈이었던가. 병철은 글러브박스에서 장갑을 꺼내며 생각했지만 끝내 그 말을 했던 게 누구였는지 기억해내지 못했다.

차 한 대가 겨우 지날 수 있을 만큼 좁은 길을 따라 한참을 덜그럭덜그럭 올랐다. 오래되고 낙후한 빌라들이 즐비한 동네였고 잊을 만하면 오르게 되는 골목이었다.

목적지 부근입니다. 병철은 속도를 줄였다. 골목 어귀에 서 있던 작은 노인이 차량을 발견하고는 엉거주춤 걸어 나왔다. 노인은 융단처럼 두껍고 빳빳한 붉은 겉옷에 인조퍼가 달린 검은 귀마개를 쓰고 있었는데 거기에 경계심 어린 눈빛이 더해져 꼭 기념품 가게에서 파는 병정 인형처럼 보였다. 병철은 차에서 내려 짐을 실은 뒤 노인이 차에 오르는 것을 도왔다. 이제 일흔쯤 됐을까. 마른 체구였지만 허리도 곧고 눈빛도 또렷해 보였다. 노인은 병철의 도움을 거부하고 자기 손으로 안전띠를 맸다.

여사님, 노래 좀 틀어드릴까요. 아니면 한잠 주무실 래요. 한참 가야 하는데.

백미러 너머로 대답을 기다렸지만 그녀는 노래도 잠도 원하지 않는 듯했다. 얌전히 발과 손을 모으고 앉아 고개를 모로 틀고는 차창을 노려볼 뿐이었다. 노인은 치밀어 오르는 질문들에 사로잡혀 있는 것처럼 보였다. 그 질문의 답이 자신을 좌절시킬 거라는 걸 알면서도 자꾸만 찌르게 되는, 그래서 끝내 고름과 상처를 만들고야 마는 질문들에. 저이는 자기 발로 가는 건 아니구나. 병철은 백미러에서 시선을 거두었다. 송영 차량에 오르는 이들의 얼굴은 비슷한 듯 달랐고, 다른 듯 비슷했지만 유독 선명한 적의나 우울을 가진 이들이 있었다. 그런 이들의 얼굴을 마주할 때마다 병철은 마치 자신이 지옥으로 가는 길을 안내하는 파수꾼이 된 것 같아 죄스러운 마음이 들었다. 노인의 옅은 기침 소리에 병철은 즉각 히터를 틀었다. 차 안이 금세 훗훗해졌다.

마중 나와 있던 요양 보호사에게 노인을 인계한 뒤 병철은 사무실로 가서 운행 스케줄을 확인했다. 1호차 스케줄은 주간보호센터가 끝나는 오후 8시까지 텅 비어 있었다. 이제 겨우 9시인데. 자그마치 11시간의 공백이었다. 오후 8시부터 10시까지 다시 2시간을 근무하기 위해 근무 시간보다 긴 대기 시간을 버텨야 한다니. 이건 너무 무례하고 노골적이지 않은가. 나가라는 말을 참 수고스럽게도 하는구나 싶었다.

몇 달 전 센터장이 새로 부임하면서부터 센터는 대대적인 물갈이를 겪었다. 의사, 간호사는 물론 사회 복지사와 요양 보호사까지 패를 뒤집어엎듯 차근차근 갈아치웠다. 센터는 센터장에게 줄을 댄 사람들, 그의 친인척, 이전 센터에서 그를 추종했던 이들로 빠르게 채워졌다.

숙청이 아니면 뭐꼬.

3호차 오 기사는 그렇게 말했다. 왕이 바뀌면 그 전 충신들이 당하는 건 결국 숙청이라고. 뜻대로 되게 하지 않을 거라던 오 기사는 어느 날 돌연 자취를 감췄다. 희망퇴직이니 뭐니 하는 얘기가 알음알음 번지던 시기였다. 오 기사는 병철의 전화도 받지 않았다. 연결음이 울리다 끊어지는 걸로 보아 일부러 피하는 게 분명했다. 같이 버티자더니. 그러나 화가 났던 것도 잠시였다. 언제부턴가 그저 연결음이 이어진다는 것에 위안을 느끼게 되었다. 그럼 적어도 살아는 있다는 거니까. 살아만 있으면 언젠가 또 볼 수 있다는 거니까. 세상엔 그런 식으로 확인되는 안부도 생사도 있는 것이다.

병철은 캔 커피를 하나 뽑아 뜰로 나갔다. 아침 체조가 끝난 직후 뜰은 고요해서 시간을 죽이기 좋았다. 센터 안에 기사 휴게소가 있지만 거긴 암묵적으로 젊은 기사들의 차지가 된 지 오래였다. 병철은 뜰 안쪽 비어 있는 벤치에 앉았다. 그 자리에 앉으면 바른실버빌리지의 전경이 한눈에 보였다. 바른실버빌리지는 병철이 앉아 있는 뜰을 사이에 두고 주야간보호센터와 요양원이 빨래집게처럼 모서리를 대고 맞물려 있었다. 주간보호센터로 시작했던 것이 주야간으로, 다시 요양원으로 점차 사세를 확장하는 추세였고 방문객 전용 주차장으로 사용하던 건물 뒤편의 나대지도 내년 봄부터 공사가 확정되어 있었다. 암 환자와 난치병 환자들을 위한 프리미엄 입원 병동을 꾸린다고 했던가.

바른실버빌리지는 경기도에서도 제법 손꼽히는 규모의 A등급 요양센터였다. 운영하는 송영 차량만 해도 8대였고, 입소 어르신이 130여 명, 요양 보호사는 50명이 넘었다. 요양 보호사 1인당 2.6명 담당. 직원은 투어를 오는 보호자나 예비 입소자에게 이 정도면 섬세한 케어가 가능한 수치라고 했다. 하지만 병철이 이곳에서 송영 차량 기사로 일하는 5년 동안 알게 된 사실은 숫자가 들어간 건 시계와 미터기 말고는 아무것도 믿을 수 없다는 거였다. 2.6이 그리 섬세한 숫자가 아니라는 걸 알게 된 후로 병철은 예정했던 은퇴 시점을 3년 더 유보했다.

아무리 아껴 마셔도 캔 커피는 금방 줄었다. 병철은 핸드폰을 꺼냈다. 둘째한테 톡이 와 있다.

생각은 좀 해보셨어요?

밑도 끝도 없이 본론만 툭 던지는 것도, 집에 가면 볼 얼굴인데 저 껄끄러운 얘기할 땐 꼭 이렇게 톡을 남겨 놓는 것도 둘째 스타일이었다. 병철은 쯧, 혀를 찼다. 어렸을 때부터 똑 부러지는 맛이 없는 녀석이었다. 뭉근하고 수줍음 많고, 그러면서도 잊을 만하면 한 번씩 굵직한 사고를 쳤다. 첫째는 툭하면 친구들과 쌈박질을 하고 아내의 지갑에 손을 대고 담배도 수없이 걸렸지만, 그래도 사고 치는 스케일은 딱 그맘때 애들 수준에서 벗어나질 않았다. 그런데 둘째는 뭐랄까, 질이 달랐다. 자신을 삼촌이라고 소개한 사이비 신도를 따라갔다가 반나절 만에 머리를 박박 밀려 돌아오질 않나, 갖고 싶다고 몇 달을 졸라 사준 값비싼 자전거를 팔아 그 돈으로 학교를 빠지고 일주일 동안 홀로 여행을 가버리거나 해서 부모의 피를 말리는 식이었다.

녀석은 머리가 크고 나서는 뭘 자꾸 잃어버렸다. 친구에게 빌려줬다는 돈, 결혼하기로 약속했다는 여자. 둘째의 수중에서 사라진 것들을 생각하면 병철은 아직도 부아가 났다. 둘째는 큰 걸 잃어버릴 때마다 울다가 삶을 전폐했다가 어느 틈엔가 기어 나와서 비실거리다가 이내 털고 일어났다. 똑 부러지는 맛은 없어도 결국 일어나는 놈. 그러다가 얼마 안 가 또 비슷한 돌부리에 걸려 넘어지고 마는 놈. 그게 둘째인 것이다. 아내는 둘째를 보면 뭘 해도 어설퍼서 진짜 새끼 같다고 했다. 그럼 첫째 놈은 뭐, 가짜 새끼인가. 그렇게 받아치면서도 병철은 그 말이 무슨 말인지 알 것 같았다.

몇 주 전 둘째가 집에 고기를 사 온 날이 있었다. 가끔씩 구워 먹는 삼겹살이 아니라 한우였다. 라벨지에 플러스가 두 개나 붙어 있었다. 병철은 웬 고기냐 묻고도 그 대답을 듣기가 무서워 부러 베란다와 부엌의 창을 열어젖히며 연기가 어쩌고, 하면서 미리 수선을 떨었다. 둘째는 맨손으로 고기에 기름을 바르고 소금과 후추를 뿌리며 말했다.

이게 마리네이드라는 건데 이렇게 하면 집에서도 스테이크 집에서 먹는 거랑 똑같은 맛이 난대요.

고기에 뭔 기름 타령. 싱싱한 고기는 그냥 먹는 게 제일 맛있어.

예. 근데요. 오늘은 스테이크가 먹고 싶어서요.

스테이크는 뭐가 많이 다르냐?

다르죠. 품위가 있잖아요.

병철은 식탁에 앉았다. 고기를 구우려면 아직도 한참이나 기다려야 할 것 같았다. 둘째는 고기를 기름에 재워 두고 이제는 당근과 버섯을 썰기 시작했다. 첫째가 이혼한 뒤 본가로 돌아오고 나서부터는 남자 셋이 저녁을 함께 먹는 날이 드물게나마 생겼다. 내색은 하지 않았지만 병철은 그 시간이 좋았다. 4인용 식탁에 나란히 앉은 아들을 보면서 별다른 말 없이 저녁을 먹는 일상. 손주가 없으면 어때, 대를 잇는 일은 이만하면 됐다 싶었다. 병철은 장손으로서 대를 이어야 한다고 받았던 부담이며 책무는 자신의 대에서 끊고 싶었다. 뭐 대단한 가문이고 족보라고. 병철은 시계를 봤다.

니 형도 곧 올 텐데 좀 기다렸다가 굽지 그러냐? 근데 너 오늘 일 안 갔냐?

예.

왜?

나오지 말라던데요.

병철은 투쁠의 정체가 이거구나 싶었다. 이번에는 한 2년 버텼나. 요즘은 일자리가 없어서 난리라는데 둘째는 획 그만뒀다가 획 잘도 구했다. 다 고만고만한 회사긴 했다. 원래 저수지에서는 비슷한 놈들만 낚이는 법이니까. 차라리 공부를 더 시켜줬으면 어땠을까. 유학을 보내달라고 했을 때 유학을 보내줬더라면. 하다못해 막 제대한 녀석을 매형이 공업사에 데려가 키우겠다고 했을 때 보내줬더라면. 병철은 둘째의 등을, 칼질을 하느라 위아래로 들썩거리는, 무엇 하나 다부지게 붙들고 늘어져본 적 없는 얇은 어깨를 보며 생각했다.

아부지 차요. 저 주시면 안 돼요?

갑자기 차는 왜?

책도 팔고요. 여행도 다니고…….

요즘 그런 사람들이 많다고 했다. 다마스며 스타렉스 같은 준봉고를 개조해서 책장을 짜 넣고 두문불출 룰루랄라

책을 팔러 다니는 사람들이 있다고. 책이라니. 요즘 같은 세상에 그런 게 돈이 되냐고 묻자 둘째가 칼질을 멈추고 고개를 들더니 그런 건 생각해본 일이 없다는 듯 갸웃거렸다.

글쎄요. 돈이 될라나?

병철은 그날 먹은 스테이크 맛을 기억하지 못한다. 둘째 놈이 형 몫은 남겨 두었으니 더 드시라고 접시째 들이밀었지만, 겉만 익어 핏물이 줄줄 흐르는 고기는 더 먹고 싶지 않았다.

생각 좀 해보셨냐는 건 그러니까, 차에 대한 얘기인 듯했다.

병철의 차는 7년 된 스타렉스였다. 주행거리가 10만도 더 됐고 공회전이 심해 얼마 전 공업사에 가서 정비를 새로 싹 했다. 거진 돈 삼백이 깨졌다. 첫째는 이참에 차를 바꾸자고 했지만 병철은 손을 내저었다. 이게 내 마지막 차다. 진즉부터 그렇게 여기고 있었다. 돈 때문에 그러시냐며 첫째가 새 차를 뽑아준다고 해도 병철은 고집을 굽히지 않았다. 멀쩡한 차를 두고 왜 헛돈을 쓰냐는 식으로 응수했으나 그보다도 자식한테 손 벌리는 게 싫었다. 주변에서는 이제 자식 덕 좀 보고 살라지만 병철은 그 덕이라는 게 아직 자신의 몫이 아닌 것 같았다. 자격의 문제가 아니라 납득의 문제였다. 반년 뒤면 연금이 나오는데도 그랬다. 아직은, 아직은

나 정도면 괜찮지 않나. 사지 멀쩡하고 아직도 다달이 월급을 받는데.

둘째가 차 얘기를 꺼낸 그날 병철은 생각을 좀 해보겠다고 했다. 그러니 너도 생각을 해보라는 말도 했다. 책도 좋고 여행도 좋지만 사람이란 무릇 하고 싶은 것만 하고 살 수는 없다. 그러니까 너도 좀 현실적으로 생각이라는 걸 좀 해보란 말이다! 하고. 모처럼 강경했고 모처럼 아버지다운 말을 했다고 자못 가슴이 뻐근하기까지 했다. 그때 때마침 첫째가 왔고 얘기는 거기서 끊겼다.

병철은 뭐라고 답장을 할까 고민하다가 콧방귀를 뀌었다.

맡겨놨나, 그놈 자식.

생각해보면 생떼나 다름없었다. 고기 좀 구워주고 차를 꿀꺽하려는 어설픈 수작. 그래서 귀엽다. 어설픈 내 새끼. 여력이 남아 있을 때 속아주고 싶고, 밀어주고 싶다. 하지만 망설여지는 것도 사실이었다. 3년 뒤 은퇴를 하고 나면, 병철은 그 차를 타고 딱 20만 킬로미터를 찍을 때까지만이라도 삶이라는 걸 좀 즐겨보려고 했다. 바다를 가본 지가 10년은 더 된 것 같았다. 아내가 좋아했던 수락산, 곰배령, 어머니의 고향 흑산도……. 아직 눈이며 다리가 성할 때 직접 운전해서 그곳들을 다녀오고 싶었다. 어쩌면 보름이나 한 달쯤은 마음 내키는 곳에서 되는 대로 살아봐도 좋을 것이다. 그래서 결국 답장은 하지 못했다. 생각할 시간이 좀 더 필요했다.

　　병철은 남아 있던 커피를 한입에 털어 넣었다. 산책을 나온 어르신들이 기차놀이를 하며 뜰을 돌기 시작했을 때 병철은 자리에서 일어났다. 아직도 시간은 10시간 30분이나 남았다. 병철은 요양원 쪽으로 걸음을 옮겼다. 잘하면 우란을 볼 수 있을 듯했다.

　　따지고 보면 병철이 센터장 눈 밖에 난 결정적인 사건을 제공한 것도 우란이었다.

　　한 달 전쯤 점심 식사를 마치고 오후 운행을 가는 길이었다. 로비가 시끄러워서 가봤더니 젊은 간호사와 우란이 대치 중이었다. 우란은 간호사가 하고 있던 진주 귀걸이를 두고 자기 걸 훔쳐 갔다며 내놓으라 난리를 피우고 있었고, 이런 상황에 면역이 없는 젊은 간호사는 아니라는 말만 반복하며 진땀을 빼고 있었다. 마침 가드가 자리를 비웠는지 담당 요양 보호사가 우란을 거의 끌어안듯이 매달려 제지하고 있었다. 그러나 요양원 환자 중에서도 체급이 가장 큰 우란을 당해내지 못해 내팽개쳐지기 일보 직전이었다. 병철은 아주 오래전에도 비슷한 상황을 겪은 적이 있었다. 그때 소란을 가라앉힌 건 베테랑 간호사였는데 병철의 머릿속에서 퍼뜩 당시 상황이 떠올랐다. 병철은 젊은 간호사한테 다가가 손을 내밀었다.

내가 잠깐 보여주기만 할게요.

간호사는 믿어도 될지 망설이는 듯하다가 우란이 코뿔소처럼 발을 구르는 것을 보고 냉큼 귀걸이를 빼주었다. 병철은 귀걸이를 쥔 채로 천천히 우란에게 다가갔다. 체급에서 오는 괴력 때문에 흥분했을 때 케어가 힘들 뿐, 평소엔 누구보다 온순하고 수줍음 많은 사람이라는 걸 병철은 알고 있었다. 종종 뜰에서 마주칠 때면 토끼풀이며 모양이 온전하고 예쁜 낙엽을 모아 병철에게 쥐여준 적도 여러 번이었다.

이거 봐요. 이게 진짜 우란 씨 건지 잘 봐봐요.

거의 울 듯한 얼굴의 요양 보호사는 손을 풀어도 될지 판단이 안 서는 모양이었다. 결국 우란은 요양 보호사에게 껴안긴 채로 병철이 눈앞에 내민 귀걸이를 마주했다. 씨근거리던 우란의 숨소리가 차차 잦아들었다. 간호사도, 다른 환자들도, 병철도 긴장한 채 우란의 반응을 살폈다. 이제는 거의 테만 남은 우란의 희미한 눈썹 문신이 일순간 씰룩였다.

내 거 아니야.

곧바로 흥미를 잃어버린 우란은 요양 보호사의 팔을 직접 풀고 순순히 해피테이블로 돌아갔다. 그리고 아까까지 치고 있던 고스톱을 속행했다. 태풍이 걷히자 로비는 언제 소란이 있었냐는 듯 본래의 느슨한 분위기를 되찾았다. 병철은 간호사에게 귀걸이를 돌려주고는 홀가분한 기분으로 오후 운행을 나섰다. 그러고는 그 해프닝을 완전히 잊었다. 그 정도의 소란쯤은 센터에서 늘상 있는 일이었으므로.

뭔가 잘못됐다는 것을 깨달은 건, 송영을 모두 마치고 느지막이 센터로 복귀해 일지를 쓰고 있을 때였다. 사무실 분위기가 이상하다 싶더니 다급하게 들어온 어린 직원이 나가려는 병철을 붙잡았다.

센터장님이 찾으세요.

그 말을 들을 때도 병철은 낮에 있었던 일은 전혀 떠올리지 못했다. 다만 직원의 말투에서 뭔가 달갑지 않은 얘길 듣게 되겠구나, 막연히 짐작했을 뿐이었다.

노크를 하고 들어가자 센터장은 반색하며 병철을 맞이했다.

오늘도 고생하셨습니다. 한 기사님.

센터장은 늘 웃는 낯이었다. 웃는 모양을 짓는 입과 눈이 지나치게 견고해서 어딘가 일본의 공예 가면을 떠올리게 하는 얼굴이었다. 병철은 그의 웃는 낯을 볼 때마다 밟아선 안 되는 선을 밟은 것처럼 찝찝한 기분이 들곤 했다. 웬만한 일이라면 비위를 맞추고 한시라도 빨리 그곳을 떠나고 싶었고, 정말 그럴 작정이었다. 병철은 그가 어서 본론을 말하길 묵묵히 그러나 초조한 마음으로 기다렸다. 센터장이 손깍지를 낀 채로 턱을 괴고서 여전히 가면 같은 얼굴로 말했다.

　아까 낮에 일이 있었다죠. 조우란 어르신이 또 난동을 피우셨다고.

　뭐, 난동이라기보단…….

　한 기사님.

　예.

　가드도, 의사도, 복지사 선생들도 가만히 있는데 왜 나섭니까?

　병철은 침을 삼켰다. 숨을 쉬었다. 인지 없이 당연하게 수행해왔던 기능들이 잠시 멈추었다가 제자리로 돌아온 느낌이었다. 병철은 뭐라고 말해야 할지 알 수 없어서 그냥 가만히 있기를 택했다.

　왜 나서냐고요. 그게 얼마나 위험한 짓인지 아세요? 어르신이 더 흥분해서 기사님이나 보호사, 간호사를 공격했으면요? 그냥 가드를 기다렸어야죠. 아니, 기다리실 필요도 없었어요. 그냥 가시던 길 그대로 운행 나가셨으면 됩니다. 자격이 있는 사람이나 나서는 거라고요. 여기 아무나 자기 좋을 대로 행동해도 되는 곳 아닙니다. 규칙이나 규율이 괜히 있는 것도 아니고요. 아시겠어요? 이거 정말로 나쁜 본보기입니다.

　센터장은 특히 마지막 말을 힘주어 발음했다. 나쁜 본보기. 가뜩이나 무슨 말을 해야 할지도 모르겠는데 이제는 완전히 말문이 막혀버렸다. 문제가 되리라고 생각하지 못했던 것이 문제가 되었을뿐더러 행여 그렇다고 해도 이렇게까지 면박을 받을 만한 일인지, 채 상황 파악이 끝나기도 전에 센터장이 파일철을 내밀었다. 삐져나온 흰 종이가 보였다. 병철은 그게 무엇인지 자세히 살피지 않아도 알 수 있었다.

저요. 한 기사님 같은 분들 존경합니다. 저희 입소 어르신이랑 연배 차이도 얼마 안 나시는데 아직까지 사회에 이바지하시는 거, 대단하세요. 그런데요. 그거 아세요? 보호자들이 불안해하신단 말입니다. 기사님이 고령이라고요. 저도 억울하죠. 우리 한 기사님 얼마나 정정하신데. 다 모르고 하시는 말씀들인데 제가 달리 뭐 어쩌겠습니까? 불안하다는데.

센터장은 넉넉하게 시간을 주겠다고 했다. 병철은 지금이야말로 한마디 해야 할 순간임을 알았지만, 불안이라는 두 글자가 목에 걸려 결국 아무 말도 하지 못한 채 사무실을 나섰다.

그날 병철은 처음으로 집에 가는 길에 택시를 탔다. 도저히 운전할 기분이 아니었다. 운전으로 밥 벌어 먹고산 40여 년간 병철은 안 몰아본 차종이 없었다. 장거리 화물트럭부터 시외버스, 수행 리무진, 택시까지. 운전으로 점철된 삶이라고 해도 좋았다. 그렇게 해서 번 돈으로 대출금을 갚고 아이들을 키웠다. 배운 건 없어도 운전에 대해서만큼은 누구보다 자신이 있었다. 병철에게 운전이란 물길을 따라 물이 흐르듯이, 두 다리를 움직여 걷는 것처럼 자연스러운 무엇이었다. 길을 들인 차는 신체 일부나 다름없다고 여겨 왔다. 그 긴 세월 동안 경미한 사고조차 내본 적이 없다고 하면 누군가는 허풍을 떠는 거라고도 했지만 사실이 그랬다. 병철은 자신에게 떳떳했고 그것은 고스란히 자부심이 되어 주었다. 그런데 불안이라니. 체력이라면 몰라도 경력이든 판단력이든 젊은 사람들에게 결코 뒤지지 않을 자신이 있었다. 하지만 보호자의 눈에 그런 건 전혀 중요하지 않은 문제 인 것이다.

병철은 무릎 위에 놓인 종이를 먹먹하게 바라보았다. 원하는 때에 은퇴할 수 있을 거라고 믿었다. 그럴 자격도 있 다고 생각했다. 병철은 사십 대 중반이나 됐을까 싶은 기사 가 운전하는 택시에 앉아 이리저리 흔들리며 대체 무엇이 잘못되었는지를 파악하려고 애썼다.

이윽고 집 앞에 멈춰 선 택시에서 내리며 얻은 결론 은 예나 지금이나 세상은 뜻대로 흘러가지 않는다는 것. 그 하나뿐이었다.

여느 때처럼 해피테이블에 앉아 있어야 할 우란의 모 습이 보이지 않았다.

자유 시간에 우란은 대부분 해피테이블에 앉아 화투를 치곤 했다. 스크린이 삽입된 그 테이블은 화투를 비롯한 몇몇 게임을 제공했다. 같은 모양의 과일을 찾아 누르거나, 구덩이에서 재빨리 나왔다 들어가는 두더지를 망치로 잡는 게임 같은 것들. 하지만 우란은 다른 게임에는 일절 관심을 보이지 않았다. 오로지 화투. 그것도 소지품이나 푼돈을 걸고 치는 내기 화투를 좋아했다. 이를 안 센터에서 내기 화투를 강하게 제지하고부터는 다음 날 나올 간식을 걸고 쳤다.

　　뭐라도 걸려 있어야 치는 맛이 있지.

　　인지 능력 향상에 도움을 준다는 해피테이블의 치료 목적과는 다소 동떨어진 열의였지만 똥을 먹을지 광을 먹을지 고민하는 우란의 모습은 확실히 멍하게 앉아 있을 때와는 달랐다. 센터에서 보내는 하루 중 단 몇 분이라도 그토록 생생한 눈빛을 끌어낼 수 있다는 것만으로도 해피테이블은 이름값을 충분히 하는 셈이었다. 어느 날엔 우란에게 화투가 그렇게 재미있느냐고 묻기도 했었다. 그때 우란은 마작 대신 화투를 치는 거라고 딱 잘라 말했다. 그녀는 젊었을 때 양말 회사에서 디자인을 했는데 시장 조사차 중국으로 출장을 갔다가 완전히 마작에 빠졌다고 했다. 핸드폰도 꺼놓고 의자 밑에 요강을 받쳐둔 채로 20시간씩 마작을 치다가 안마방처럼 베드만 몇 개 있는 휴게실에서 자고 일어나 다시 마작 테이블에 앉았다고 했다. 두 달 반 정도를 그렇게 살다가 계좌가 막혀 마장에서 나왔을 땐 계절이 바뀌어 있었고 비자 만기가 코앞이었다고.

회사는 당연히 잘렸고. 모아둔 돈도 다 날리고. 그래도 재밌었지.

그냥 도박을 좋아하는 치매 노인이라고 하기엔 가끔 정신이 돌아왔을 때 하는 얘기들이 다채로웠다. 마치 여러 번 생을 살아본 고양이처럼. 병철은 아마 아홉 번을 다시 태어난대도 우란만큼 인생에 대해 할 얘기가 많진 않을 거라고 확신할 수 있었다. 병철은 우란과 대화하는 게 즐거워서 종종 자유 시간에 맞춰 센터를 기웃거리곤 했다. 온종일 센터 안에 있으면서도 계절이 바뀌는 것에는 누구보다 민감해서 가장 먼저 계절 인사를 해주는 것도 우란이었다. 병철은 우란이 건네고 자신이 받은 것들, 혹은 자신이 던지고 우란이 안은 것들을 우정이라 여겼고 소중히 대했다. 그건 요양센터라는 무미하고 단조로운 세계에서는 결코 쉽게 얻어지지 않는 따뜻하고 말랑한 것이었다.

우란은 물리치료실에도, 시청각실에도 보이지 않았다. 병철은 저번에 있었던 사건 때문에라도 될 수 있는 대로 직원들과의 대화는 피하고 있었지만, 결국 데스크에 슬그머니 우란의 행방을 묻지 않을 수 없었다.

오늘 컨디션이 안 좋으신지 식사도 거르고 휴게실에 앉아만 계시네요.

그래요? 어디 아프신가.

워낙 씩씩하셔서 그렇지 안 아프신 데가 없으세요. 기사님도 정정하실 때 관리 잘하셔요.

병철은 대답 대신 고개를 주억거렸다.

직원의 말대로 우란은 휴게실에 있었다. 오렌지색 소파에 다리를 뻗고 눕듯이 기대앉아 천장을 보고 있었다. 아니, 보고 있다기보다는 넋을 빼앗긴 것 같았다. 병철이 다가가도 아무런 동요가 없었다. 병철은 덜컥 가슴 한 부분이 툭 떨어져 나간 듯한 불안함을 느꼈다. 다가가서 우란 씨, 하고 부르자 우란의 눈꺼풀이 송아지처럼 느리게 끔뻑였다. 병철은 그때를 놓치지 않고 말을 붙였다.

오늘은 화투 안 쳐요?

내가 무슨 화투를 쳐.

낯선 어투였다. 느리고 어눌하지만 날이 서 있는. 좋지 않은 징조였다. 병철은 이미 센터에서 마음을 주고받았던 이들에게 일어난 비슷한 변화를 몇 번이나 목격했고, 그럴 때마다 세월이라는 거대한 장력 앞에 놓인 인간의 무력함이랄지, 무상함을 실감하곤 했지만 그럼에도 매번 이번에는 다르길 하고 바랐다. 희망이라는 단어 말고는 설명할 방도가 없는 그러한 믿음이 대체 어디에서 생겨나는지 병철도 알지 못했다.

좋아하잖아요, 화투. 오늘은 멤버를 못 구하셨나?

아저씨 나 알아?

가만히 천장을 향해 치켜져 있던 우란의 고개가 병철을 향해 꺾였다. 허옇게 뜬 입술이 벌어져 있었다. 성긴 눈동자가 병철의 얼굴을 헤맸다. 무엇을 찾는지도 모르는 채. 어쩌면 그녀가 찾는 건 현실에 없는 무엇일지도 몰랐다. 우란은 여기에 있으나 이미 여기에 없었다. 병철은 마침내 우란이 저편으로 넘어가버렸다는 걸 깨달았다.

이 씻팔 것들이 밥을 안 주네. 사람을 바짝 말려 죽일 작정이야. 으응. 내가 먹으면 얼마나 먹는다고……. 아저씨는 여기 사람이야? 왜 여기 있어? 내 귀걸이 못 봤어? 가져갔으면 돌려줘야지. 내 건데. 도둑년들. 심보가 새까만 도둑고양이 같은 년들.

우란의 눈은 고장 난 전조등처럼 불이 들어왔다 꺼지길 반복하다가 이내 형형하게 타올랐다. 자리에서 일어난 우란은 병철에게 달려들어 귀걸이를 내놓으라고 소리를 지르기 시작했다. 가드와 간호사, 요양 보호사가 앞다투어 달려왔다. 병철은 우란이 짐승처럼 몸을 부딪치며 저항하는 것을, 벗겨진 신발과 하얀 발이 바닥에 끌리는 것을 보았고 이윽고 거칠게 닫히는 문소리를 듣고 나서야 소파에서 간신히 몸을 일으킬 수 있었다. 아주 지난한 순례의 한 토막이 거칠게 몸을 통과한 것 같았다. 불과 며칠 전까지만 해도 첫눈예보에 들떠 있던 사람이었는데. 병철은 다시는 자신이 알고 있던 우란을 만날 수 없을 거라는 예감이 들었다. 그건 슬픔이라기보다는 열패감에 가까운 감정이었다.

　　로비로 돌아오니 병철이 운송한 노인이 여전히 질문을 참는 얼굴로 창밖을 바라보고 있었다. 답은 그 너머에 있다는 듯이. 병철은 거대한 손으로 아무렇게나 짓이긴 듯 잔뜩 뭉개진 구름을 바라보다가 이내 센터를 나섰다.

　　1호차는 주차장에서 병철을 기다리고 있었다. 5년 전 바른실버빌리지에 입사할 당시 병철은 본인 소유의 스타렉스를 송영 차량으로 등록했다. 무슨 법이 있는 것도 아닌데, 그땐 송영 기사라면 으레 그래야 하는 줄로 알았다. 당시만 해도 아직 주간센터였을 무렵이었고, 운영되는 차량도 1, 2호 두 대뿐이었다. 백 센터장은 회사에서 차량을 지급해주지 못해 미안하다며 나중에 다 갚아주겠다고 입버릇처럼 말했다. 다른 곳이라고 상황이 나은 것도 아닌데 그냥 그 말이 고마웠다. 그리고 센터가 주야간으로 확장했을 때 백은 정말로 병철을 데리고 대리점에 가기도 했다. 오히려 다음을 기약한 것은 병철이었다. 차를 바꾸기엔 시기상조라는 생각에서였다. 그땐 1호차도, 병철도 지금보다 쌩쌩했다. 돌이켜보면 여러모로 평탄하던 시기였다. 아내도 건강했다. 어쩌면 그때쯤에는 이미 암세포가 퍼지고 있었을지 모르지만, 적어도 겉으로는 건강해 보였고 아무도 그걸 의심하지 않을 만큼 생기가 넘쳤다. 인생에서 이렇게나 안정적인 때가 있었나 싶을 정도로 모든 것이 모든 면에서 좋았다. 문제가 생길 작은 여지조차 없는 듯했고, 상황은 앞으로 더 우호적인 쪽으로 나아갈 것처럼 보였다. 실제로 그 후로 몇 년간은 쭉 좋았다. 하지만 어떤 시기는 반드시 끝난다는 것을, 그 자명한 사실을 지난여름 뉴스에 마스크를 쓰고 고개를 숙인 채 나온 백을 보고서야 깨달았다. 횡령, 어음, 채권과 같은 까마득한 단어들이 화면에 박혀 있었다.

그 이후에 대해서 병철은 별로 덧붙일 말이 없다. 중요한 건 소란한 시기를 넘기고 많은 상황이 달라진 뒤에도 병철은 여전히 바른실버빌리지에 남아 있으며, 1호차를 몬다는 사실이었다. 달라진 게 있다면 스타렉스 이후의 삶을 인식하지도 믿지도 않는다는 것. 운전을 좀 더 부드럽고 신중히 하게 되었다는 정도일까.

다음 운행까지는 이제 10시간이 남아 있었다. 점심을 먹기엔 살짝 이른 시간이었으나 아무럼 어떠냐 싶었다. 일단 배를 채우고, 그리고 생각을 해보는 거야. 뭘 할지.

병철은 주차장이 널찍한 근방의 기사 식당에 차를 댔다. 오 기사와 종종 왔던 곳이었다. 병철은 오 기사가 떠난 뒤에도 그와 함께 갔던 식당들을 찾곤 했다. 어디서든 아직 운전밥을 먹고 있다면 언젠가 마주칠지도 모른다는, 막연한 기대감을 떨칠 수 없었다. 고등어구이와 동태탕. 아니면 오

징어볶음과 된장찌개. 두 사람은 구이 아니면 볶음과 찌개를 시켜서 둘이 나눠 먹곤 했다. 아내가 죽고 나서 병철은 따뜻한 음식, 아직 불맛이 가시지 않은 음식들이 사무쳤고 그건 오 기사도 마찬가지였다. 아내를 자궁암으로 보낸 것도, 그 시기도 비슷해서 병철은 두 살 많은 오 기사가 마냥 남 같지 않았다. 비슷한 시기를 통과 중인 동료가 있다는 건 한 끼를 구색 맞춰 먹는 것 이상의 의미였다.

이른 시간이었지만 식당은 제법 훈기가 돌고 있었다. 병철은 자리에 앉은 사람들의 얼굴을 훑은 뒤 텔레비전이 잘 보이는 쪽에 앉았다. 그리고 백반을 시켜서 천천히 먹었다. 주전자에 담긴 따뜻한 보리차를 따라 마시고 남은 건 밥그릇에 부어 깨끗하게 비웠다. 따뜻한 기운이 온몸으로 퍼졌다. 후식으로 식혜를 한 잔 마시려고 일어섰을 때 텔레비전에서 흘러나오는 뉴스 몇 토막이 병철의 귀에 꽂혔다.

최근 5년간 65세 이상 고령 운전자의 교통사고가 지속적으로 증가하는 추세입니다. 61세 이상에서는 244%가 증가……. 고령 운전자들의 신체적 제약과 인지 능력의 저하로 인해……. 운전면허증 자진 반납 제도를 통해 보다 안전한 운전 문화를 확산하고자…….

앵커는 늘 그렇듯 필요 이상의 결연한 얼굴로 고령

운전자의 위험성에 대해 한참이나 더 떠들어댔다. 병철은 244%라는 수치에 대해 생각했다. 언뜻 듣기에도 높은 수치였다. 다소 폭력적일 만큼. 2.6이 결코 섬세한 숫자가 아니듯 244% 역시 멋대로 재단된 수치일 가능성이 높았다. 병철은 그 수치로 고령 운전자들을 잠재적 살인마로 만들 기획이 아니라면 운전면허증을 반납하라고 종용할 게 아니라, 교육이든 테스트든 거쳐 운전이 불가능하다고 여겨지는 사람들을 솎아내야 한다고 생각했다. 그건 비단 연령의 문제는 아닐 것이었다. 세상에 운전대를 잡아선 안 되는 사람들이 얼마나 많은가……. 병철은 괜히 억울하게 두들겨 맞은 기분이었다. 불쾌해진 기분에 쫓겨 급히 식혜를 들이켰다. 카운터에는 붉은색 양털 조끼를 입은 중국인 직원이 서 있었다. 그녀는 까랑까랑한 목소리로 병철에게 무엇을 드셨느냐고 물어왔다. 그 순간 병철은 아무것도 떠올릴 수 없었다. 내가 뭘 먹었더라? 하얘진 머릿속을 더듬어도 당최 아무것도 떠오르지 않았다. 입안에 감도는 식혜의 끝맛만이 야속할 정도로 달았다. 병철이 머뭇거리자 여직원은 답답하다는 듯 대번에 병철이 방금 식사한 자리를 손가락으로 가리켰다.

백빤!

병철은 계산한 뒤 쫓기듯 식당을 빠져나왔다. 찬 바람이 구석구석 솟아오른 식은땀을 식혀주었지만 당혹감은 쉽게 가라앉지 않았다.

그러고 보니 요즘 뭔가를 까먹는 일이 부쩍 잦아졌다. 빨래를 꺼내러 가다가도, 자른 손발톱을 버리려다가도 병철은 문득 멍해지곤 했다. 무엇을 하려고 했는지 한참 후에야 떠올랐다. 비밀번호가 도무지 기억나지 않아 도어락 앞에 서 있던 적도 여러 번이었다. 의지와는 상관없이 머릿속에서 제 멋대로 생략되고 삭제되는 정보에 당황했지만 그럴 때마다 애써 크게 생각하지 않으려고 했다. 그러한 자세랄까, 마음 가짐은 인생을 살아가는 데 대부분 도움이 되었다. 불길한 전조들이란 대체로 추돌을 부추겨 생각을 거듭할수록 걷잡을 수 없는 최악의 상황을 불러냈다. 그러나 그런 전조들이라도 이름표를 붙여 작은 상자에 넣어두면 그 안에 꼼짝없이 갇혀버리고 만다는 걸 병철은 알고 있었다. 병철의 머릿속엔 그런 식으로 만들어진 상자들의 무덤이 한구석에 조용히 쌓여 있었다. 잊은 것은 아니다. 그저 꺼내 보지 않는 것일 뿐. 그런데 오늘은 아무래도 힘들었다. 우란 때문인지, 글러브박스에 있는 파일철 때문인지, 그도 아니면 자꾸만 깜빡거리는 정신머리 때문인지…….

병철은 차에 올라타 시동을 걸었으나 한동안 아무것도 할 수 없었다. 고삐 풀린 생각이 제멋대로 몸피를 키워, 굴러가는 것을 무력하게 지켜보았다.

운전대를 잡고 있는 와중에 운전을 하고 있다는 사실을 잊게 된다면? 갑자기 보행자가 나타났을 때 브레이크와

액셀의 위치가 헷갈린다면?

끔찍한 생각이 꼬리에 꼬리를 물었다.

제가 달리 뭐 어쩌겠습니까? 불안하다는데.

센터장의 가면 같은 얼굴이 식혜 밥알처럼 머릿속에 둥둥 떠다녔다.

겨우 주차장을 빠져나온 것은 막 정오가 지났을 무렵이었다. 구름이 점차 짙어지고 있었다. 한바탕 퍼붓겠구나. 차라리 집에 가서 한숨 자고 일어나서 욕실 청소나 좀 하고 다시 센터로 넘어갈까 싶기도 했다. 병철이 별 이유 없이 미루게 되는 일들에 대해 생각하는 사이 무서운 속도로 거리를 좁혀오던 뒤차가 병철을 추월했다. 하늘색 레이였다. 너무 차를 바짝 붙여와 하마터면 사고가 날 뻔했다. 병철은 신경질적으로 클랙슨을 짧게 두어 번 눌렀다. 길도 넓은데 뭐 하는 짓인지. 레이는 깜빡이를 좌우로 켰다 껐다 하면서 종횡무진 차도 위를 누비다 금세 시야에서 사라져버렸다. 뭐가 그리 급하다고. 보나 마나 목숨 귀한 줄 모르는 새파란 녀석일 테지. 병철은 마침내 소일거리가 생겼다는 듯 한참 동안 궁시렁거렸다.

레이를 다시 본 건 병철이 고령 운전자가 어쩌고 했던 뉴스까지 싸잡아서 신나게 뇌까리던 도중이었다. 레이는 여전히 위험한 질주 중이었다. 병철은 괘씸한 마음에 한눈으로 레이의 행방을 쫓았다. 끝날 것 같지 않던 질주는 레이가 인근 대학 병원으로 진입하며 막을 내렸다. 진입로에 소아암센터라고 쓰여 있는 것이 보였다. 그제야 병철은 입을 다물었다. 저 차에 환자가 타고 있거나, 어쩌면 저렇게 달리지 않으면 안 되는 부름이 있었을지 모른다고 생각하니 괜한 소리를 했다 싶었다. 병철은 서둘러 그곳을 벗어났다. 하지만 멋대로 지껄였던 얘기들에 대해서는, 거기서 오는 죄악감에서는 쉽게 벗어나지 못했다. 누구에게라도 사과하고 싶은 심정이었다. 병철은 창을 열고 찬 바람을 쐬었다.

도로 위 차선처럼 지금 자신이 서 있는 곳이 어디쯤인지 그 경계가 보인다면 좋을 텐데. 하다못해 이쪽과 저쪽을 나누는 분기점만이라도. 은퇴를 3년 후라고 못 박을 수 있었던 건 아직은 명백히 이쪽에 있다는 믿음 때문이었다. 그런데 사실은 이미 경계에 서 있는 건 아닐까. 이쪽도 저쪽도 아닌 채로. 아니, 어쩌면 이미 어느 정도 저쪽으로 넘어갔을지도 모를 일이었다. 아내도 그랬으니까.

아내는 아무런 대비도 없이 암을 맞았다. 중기에서 말기로 넘어갈 때 판정을 받았는데 그 흔한 암보험 하나가 없었다. 이래저래 생활에 고비가 있었을 때 고정금을 줄이려고 보험을 해지했다고 했다. 그 얘길 듣고 아무리 그래도 보험을 해지하면 어떡하느냐고 길길이 날뛰는 병철에게 아내는 통장이며 보험 계약서들을 장롱 깊숙한 곳에서 꺼내와 내밀었다.

　　나야 나중에 다시 들려고 했다가 잊은 거지. 그래도 당신 건 해지 안 했어. 15일에 빠져나가니까 나 죽어도 꼬박꼬박 내요.

　　그게 지금 할 말이냐고 재차 성을 냈지만 아내는 병철이 알았다고 할 때까지 당부하고 또 당부했다. 그리고 나머지 통장들의 용도를 설명한 뒤에야 후련한 얼굴이 되었다. 발견이 늦어서 할 수 있는 게 거의 없었다. 오히려 그래서 초연할 수 있을 만큼. 병철은 암세포가 아내를 갉아먹어가는 것을 손 놓고 지켜보는 수밖에 없었다. 각오했던 것보다도 더 힘든 시간이었다. 아내는 점점 말라갔고 몸에서는 한 번씩 살이 썩어가는 듯한 악취가 풍겼다. 암세포가 괴사하면서 분비물에 섞여 나오는 냄새였다. 살아 있는 몸에서 그런 냄새가 날 수 있다는 것에 병철은 적지 않은 충격을 받았다. 아내의 몸은 착실히 죽어가고 있었다. 몸만이, 죽어간다고 여겼던 것은 떠나기 직전까지도 눈만큼은 맑고 깨끗했기 때문이다. 아내의 눈. 공포도 불안도 통증도 아내의 눈을 흐리게 만들진 못했다. 어떻게 그럴 수 있었을까. 통증으로 앉지도 못하고 내내 누워만 있다가 아내는 조용히 눈을 감았다. 사소한 일에도 크게 웃던 사람이었는데 그렇듯 고요히 가버리다니. 도무지 실감이 안 나서 뭐라도 트집 잡고 싶은 마음이었다. 아내를 생각하면 아직도 속에서 뜻 모를 억울함이 치밀었다. 대비할 수 있는 죽음이란 게 과연 있을까. 아내의 뜻대로 매달 꼬박꼬박 보험료를 내면서도 센터의 노인들을 생각하면 이런 게 다 무슨 소용인가 싶기도 했다.

얼마쯤 달렸을까. 문득 시야의 윤곽이 흐려진다 싶더니 눈이 내리기 시작했다. 아침의 감이 정확했다. 나중에 안 사실이었지만 예보보다 몇 시간이나 빠른 눈이었다. 난데없이 쏟아진 눈 때문에 지나치는 건물의 로비마다 발이 묶인 사람들이 보였다. 대비하지 못한 상황에 짜증이 날 법도 한데 사람들의 얼굴에는 저마다의 설렘이 내려앉아 있었다. 병철도 목을 빼고 눈을 구경했다. 그래, 눈은 그런 거라고. 좀, 마법 같은 구석이 있다고 중얼거리면서.

복권 판매점 옆에 가판을 정리하는 청년을 본 것은 사거리 신호가 걸렸을 때였다. 구부정한 어깨, 마른 몸. 병철은 그 청년이 둘째와 닮았다고 생각했다. 청년은 머리와 어깨에 눈이 내려앉는데도 뭔가를 정리하느라 여념이 없어 보였다. 병철은 잠시 고민하다가 갓길에 차를 세운 뒤 서둘러 우산을 챙겨 나갔다. 가까이서 보니 청년은 둘째와 나이도 비슷해 보였다.

우리 아들 같아서요. 천천히 정리해요.

청년은 갑자기 자신 쪽으로 우산을 기울이는 낯선 남자를 보고 놀란 것 같았지만, 꾸벅 인사를 하고는 가판 위에 있는 것들을 마저 캐리어에 담았다.

　직접 만든 거예요?

　청년이 수줍게 그렇다고 대답했다. 작은 구슬을 꿰어 만든 알록달록한 팔찌와 목걸이엔 별이며 꽃이며 귀여운 모양의 참이 하나씩 포인트로 들어가 있었다. 엉성해 보였지만 귀여웠다. 아이들이 좋아할 것 같았다. 청년은 캐리어에 접이식 가판대까지 모두 집어넣은 뒤 지퍼백에 꼼꼼하게 싼 팔찌 하나를 병철에게 건넸다. 병철은 괜찮다며 거절했지만 청년은 한사코 병철의 손에 팔찌를 쥐여주었다.

　하나하나 다 기도가 걸려 있거든요. 좋은 일이 생기실 거예요.

　그럼, 이거 가져가요.

　청년은 병철이 건넨 우산을 마다하지 않았다. 병철은 그가 역 쪽으로 씩씩하게 걸어가는 것을 지켜보다가 다시 차에 올랐다. 오늘 같은 날 우산이 있어서 다행이라고 생각하면서. 청년에게 받은 팔찌엔 노란 스마일 참이 무해하게 웃고 있었다. 병철은 팔찌를 만지작거리다 슬쩍 손목에 끼워보았다. 작아 보였는데 막상 해보니 줄에 탄성이 있어 딱 맞았다. 달라붙는 작은 구슬 때문에 기분이 조금 간질간질해졌다. 손목이 환해 보였다.

　좋은 일이 생긴다고 하니까.

　누가 뭐라고 한 것도 아닌데 머쓱해서 혼잣말이 튀어

나왔다. 좋은 일. 좋은 일이라. 필요한 건 다만 그런 식의, 아직 좋은 일이 남아 있을 거라는 낙관이었을지 모른다. 병철은 다가올 좋은 일을 생각하느라 방금까지 자신을 괴롭혔던 일들을 서둘러 잊었다. 기어를 변속하듯 아주 익숙하고 자연스러운 흐름으로. 아직 머릿속에 작은 상자들은 얼마든지 남아 있었다. 병철은 둘째에게 전화를 걸었다.

너는 그러니까 결국 서점 주인이 되고 싶은 거냐?

여행을 가고 싶은 건데요.

책을 팔겠다면서.

책도 팔고요.

여행이 끝나면? 책도 다 팔면?

글쎄요. 그건 생각 안 해봤는데. 아버지 저한테 차 주시게요?

그래.

병철은 자신도 모르게 그렇게 대답하고는 서둘러 전화를 끊었다. 그래서 둘째가 아버지도 같이 가시겠느냐고 말한 것을 듣지 못했다.

팔탄 분기점에서 당진 방면으로 도로를 탔다. 이대로 쭉 내려가면 대천IC가 나올 것이다. 아직도 하루는 한참이나 남아 있었다. 서두르면 안면도에 가서 바다를 보고 8시 전까지는 돌아갈 수 있다. 그러나 돌아가지 않더라도 아무런 문제도 생기지 않으리라. 병철은 섬세하게 핸들을 꺾었다. 빗발처럼 거세게 흩날리는 눈 때문에 도로 상황이 좋지 않았지만 스타렉스는 눈발을 가르며 앞으로, 앞으로 힘 있게 나아갔다. 안전 속도를 유지하면서도 유연하게, 물길을 따라 흐르는 물처럼. 마음만 먹으면 병철은 얼마든지 더 빨리 갈 수도 있었지만 그러지 않았다. 그런 것이 품위가 아닌가. 가끔씩 기분 내듯 부리는 게 아니라 끝내 잃지 않는 것이야말로…….

병철은 어딘가로 전화를 걸었다. 연결음은 아주 오래도록 이어졌고, 병철은 그것으로 되었다고 생각했다.

에 세 이

이 쪽 의 세 계 에 서

© Fancycrave1

이 쪽 의 세 계 에 서

16년도 여름. 다시 글을 써야겠다고 생각한 뒤로 빚을 갚는 마음으로 꼬박꼬박 소설을 썼다. 완성한 것도 있고 미완으로 손을 놓은 것들도 있다. 완성했지만 미완이나 다름없는 글이 가장 많았지만.「긴 하루」도 그런 글 중 하나였다. 퇴고한다면 제목부터 바꿔야지, 생각했는데 결국 더 나은 옷을 입혀주지 못했다. 병철의 긴 하루가 끝나지 않았으면 좋겠다는 쪽으로 기울어진 마음이 끝내 버틴 탓이었다. 내 머릿속에서 병철은 오랫동안 눈 내리는 길을 달렸다. 나는 조수석에 앉아 병철의 옆모습을 보기도 하고, 뒷좌석에 앉아 차창을 응시하기도 하면서 그가 어디로 가는지 지켜봤다.

글을 쓰는 동안에는 어쩔 수 없이 나의 일정 부분이 인물에 섞여 들게 된다. 그 동화의 체험이 좋을 때도 있고, 버거울 때도 있다. 「긴 하루」를 마감하고 얼마 지나지 않은 어느 날, 고령 운전자가 행인을 쳤다는 기사를 접했다. 액셀과 브레이크를 혼동한 탓에 행인의 두 다리가 절단되었다고 했다. 끔찍하고 안타까운 기사였다. 멀쩡한 두 다리로 집을 나섰다가 다리가 잘린 이에 대한 안타까움과 그가 느꼈을 절망. 그리고 고령 운전자가 느꼈을 황망함과 죄책감 사이에서 잠시 길을 잃은 내 눈길을 잡아끈 것은 '정확한 사고 원인을 조사하고 있다'라는 기사의 마지막 줄이었다. 후속 기사는 아마 없을 거라고 나는 짐작했다.

「긴 하루」의 초고 버전에서 병철은 자진해서 운전면허증을 반납한다. 집에서 출발해 운전면허증을 반납하러 가는 하루 동안 그는 대부분 체념한 상태였다. 이미 자신의 처지를 온전히 받아들인 상태로 시작된 그의 여정은 면허를 반납하고 아들에게 차를 넘겨주면서 삶이라는 레이스를 완주한 플레이어의 충만함으로 승화된다. 그 당시 아들에게 차 키를 넘기는 장면을 쓰면서 나는 여기까지구나, 하는 생각을 했다. 내심 병철이 차를 넘기지 않길 바랐던 것 같다. 가능하면 병철에게 더 나은 선택을, 더 나은 하루를 주고 싶다는 미안함이 남았는데 그로부터 몇 년이 흐른 지금에 와서야 비로소 그때 찍어두었던 마침표를 지웠다. 하지만 여전히 병철에게 더 나은 하루가 되었는지는 잘 모르겠다. 물어보고 싶은데 이젠 동승자가 아니니까 그럴 수 없게 되었다. 나는 이제 스타렉스가 남기고 간 바큇자국 옆에 남았고, 이쪽은 '정확한 사고 원인'이 있는 세계다.

　　이쪽의 세계에서 엄마는 부쩍 냄비를 태운다. 그런 실수는 누구나 하니까, 하고 덮어놓기엔 빈도가 잦다. 어느 날부턴가 나는 방문을 조금씩 열어두기 시작했다. 탄내가 나면 나가서 불을 끈다. 살릴 수 있는 건 살리고, 아니면 냄비째 개수대에 담근다. 엄마의 비염 때문에 선물로 사줬던 공기청정기는 방에서 부엌으로 자리를 옮긴 지 오래다. 빨갛게 빛나는 공기청정기의 램프를 볼 때마다 인간에겐 왜 램프가 없는가, 그런 생각을 한다. 위험한 상황을 직관적으로 감지할 수 있는 센서가 있다면 얼마나 좋을까. 그러다 또 어느 날엔 아니야, 자신이 망가져가는 걸 온전한 정신으로 자각하는 매일이란 너무 끔찍하니까 램프 따윈 역시 없는 게 낫겠다고 생각한다. 이렇게 오락가락하면서 인간이 왜 하필 이런 모습으로 생겼고 끊임없이 생겨나는지에 대하여 마침내 납득하기도 하고 다시 반문하기도 하면서 이런저런 글을 쓴다.

박
민
경

김
기
태

2022년 동아일보 신춘문예에
「무겁고 높은」으로 등단 후
작품 활동을 시작했다.

태엽은

12와

1/2 바퀴

휴게소에서 고속도로로 진입해 속력을 높일 때였다. 조수석에서 근육질이 말했다.

"소시지가 없어."

운전대를 잡은 곱슬머리가 근육질의 손에 들린 핫도그를 흘낏 봤다. 막대기에 꽂힌 빵 가운데에서 하얀 치즈가 늘어지고 있었다.

"치즈 핫도그 아니야?"

"그건 그런데, 절반은 소시지일 줄 알았지."

근육질이 남은 핫도그를 욱여넣고 막대기를 부러뜨리며 실망스럽네, 실망스러워, 하고 우물거렸다. 곱슬머리는 전방을 주시하며 컵 홀더에서 차가운 아메리카노를 집어 빨았다. 근육질이 넌 춥지도 않니, 하며 무릎 위에 올려놓은 도너츠 상자를 뒤적거리다 외쳤다.

"통감자!"

곱슬머리가 왜 뭐 왜, 묻자 근육질이 머리 위를 보며 말했다.

"통감자. 지붕 위에 뒀는데."

곱슬머리가 여전히 두 손을 운전대에 둔 채, 차 밑으로 빨려 들어가는 도로를 보며 말했다.

"그러니까 지금 이 차 지붕 위에 통감자가 있다고?"

"아직 있을까?"

"희박하지. 있다고 한들 여기서 당장 정차를 하는 건

위험하고, 오히려 차를 세우다가 관성 때문에 통감자가 떨어질걸. 관성 알지? 보드가 모래에 박히면 몸이 앞으로 확."

"그럼 어떡해? 통감자 버려?"

"아니 통감자가 문제가 아니고……."

"왜 문제가 아니야. 아깝잖아."

"아까운 것보다 이런 일을 상상해봐. 통감자가 떨어져서 통통 튀다가 뒤차에 부딪히는 거야. 야무진 감자라면 라이트쯤을 깰 수도 있겠지. 운전자가 놀라서 핸들을 확 꺾거나 브레이크를 꽉 밟으면 큰 사고가 날 수도 있다고."

근육질이 도너츠 상자를 닫고 한숨을 쉬었다.

"통감자가 사람을 죽인다는 거야? 결국 나 때문이라는 거지?"

"아니 미친놈아, 그게 아니라……."

그 와중에도 차는 계속 달리고 있었다. 조수석 차창에서 서핑하는 고양이 스티커가 숲과 구름 사이로 미끄러졌다. 풍절음이 통감자가 덜덜 떠는 소리처럼 들렸다. 근육질이 '이런' 하고 뱉자 곱슬머리가 '젠장' 하고 받았다. 두 사람은 킥킥 웃었다.

괘종시계는 게스트하우스 1층 구석에 서 있었다.

들어오는 이에게도 나가는 이에게도 눈에 잘 띄는 위

치는 아니었다. 굳이 바다를 등지고 앉아 시선 둘 곳을 찾았던 사람이라면 괘종시계를 발견했을 수도 있다. 짙은 빛깔의 목재 케이스는 어지간한 어른 키였고 황동색 시계판을 얼굴처럼 달고 있었다. 유리 너머 빈 배 속에서는 둥글고 묵직한 시계추가 좌우를 오가며 철컥, 철컥, 침착한 소리를 냈다. 눈썰미가 좋은 손님은 나름 멋을 부려 양각된 덩굴 식물과 새 두 마리를 찾아냈을지도 모른다. 몇 발 다가섰다면 유리에 희미하게 남아 있는 금박의 글자를 읽을 수도 있었을 것이다. 그러나 전체적으로는 이렇다 할 특색이 없어서 관공서 로비나 학교 중앙 현관, 종친회 사무실 같은 데 서 있는 것들과 다르지 않았다. 그것들이 덩치에 비해 눈길을 끌지 못하고 풍경에 녹아 있듯 그 괘종시계도 마찬가지였다. 삼십 년이 넘도록 어느 손님도 괘종시계를 멋지다고 칭찬하지 않았고 낡았다고 흉보지도 않았다. 가끔 이렇게 말하는 사람들이 있을 뿐이었다.

"이 시계 맞는 거예요?"

이제 각자 휴대 전화를 꺼내면 되는 시절이므로 그런 질문도 오래전의 일이었다. 말 많은 손님들이 객실의 외풍이나 초라한 해변 산책로에 대해 떠들다 지적하는 경우는 있었다.

"이 시계 안 맞네."

태엽이 풀릴수록 시계는 조금씩 느려졌다. 기계식 시

계는 원래 그렇다고 했다. 그는 세탁물을 옮기고 쓰레기통을 비우다가 십오 분쯤 느려진 시계가 눈에 띄면 태엽을 감고 시곗바늘을 옮겨줬다. 그러면 한 달쯤은 또 무리 없이 작동했다. 몇 년 전부터는 그조차 대수롭지 않게 지나치다 시계가 아주 죽어버리는 경우가 간혹 있었다. 그는 게으름을 경계하며 살아왔다고 자부하였으나 예순이 다 되어서인지 깜빡 잊는 것들이 늘어나고 있었다.

길고 추운 겨울의 어느 새벽, 창밖은 아직 깜깜했다. 그는 두꺼운 점퍼에 팔을 꿰며 잠기운을 떨치다 괘종시계 앞에 멈췄다.

시침과 분침은 엇갈린 채 지난밤의 한 지점을 가리키고 있었다. 움직임이 없는 초침. 가만히 늘어진 시계추. 또 군, 또야. 근래에는 숙박객이 도무지 없었으므로 긴장이 사라진 탓이라 자책하며 그는 시계 몸통의 유리문을 열고 태엽 열쇠를 꺼냈다. 쇠붙이는 차가웠다.

시계판에는 두 개의 태엽 구멍이 있었다. 왼쪽은 시곗바늘을, 오른쪽은 타종을 작동시키는 태엽이었다. 숙면 중에 종소리를 듣고 싶어 하는 숙박객은 없었으므로 언제나 왼쪽 태엽만을 감았다. 시계가 느려졌을 때는 대여섯 바퀴쯤 돌리면 그로서는 정확히 알지 못하는 기계 장치가 제동을 걸었다. 시계가 완전히 멈춘 경우에는 열두 바퀴였다. 그는 그것을 한 바퀴, 한 바퀴 세어본 적이 있었다. 그는 태엽 열쇠를 왼쪽 구멍으로 가져갔다. 침침한 눈 때문인지 시린 손 때문인지 구멍 근처를 몇 번 긁었다.

하나…… 둘…… 셋…… 톱니바퀴들이 조여드는 금속질의 소리와 손끝의 반동.

열두 바퀴를 돌렸는데 느낌이 없었다. 이상하군. 힘을 주어 열쇠를 비틀어보니 반 바퀴가 더 돌아갔다. 탁. 태엽이 톱니에 걸리는 작은 소리. 더 이상은 돌아가지 않았다.

분명 예전에는 열두 바퀴였다고 생각했다.

휴대 전화를 가져와 확인하니 아침 여섯 시를 조금 넘긴 때였다. 괘종시계의 시침과 분침을 각각 위치에 맞춘 뒤 묵직한 시계추를 한 번 밀었다. 철컥거리는 익숙한 소리를 내며 시계추는 왼쪽으로…… 오른쪽으로…… 또 왼쪽으로…….

그는 1층과 2층을 돌며 모든 객실 문을 열었다. 어제도 숙박객은 없었다. 밤사이 빈방에서 무슨 일이 생기진 않았겠지만 아침마다 문을 열어 눈으로 확인하는 것이 그의 습관이었다. 한여름이라면 간혹 죽은 벌레가 눈에 띄기도 했으나 대개 원래 있던 것들만 그대로 있었다. 그럼 그는 얼마간 안도하며 창문을 열었다. 공기가 오래 고이면 침구며 벽지에 퀴퀴한 냄새가 배어들어 매일 환기해줄 필요가 있었다. 오늘도 8인실인 101호부터 2인실인 208호까지 열두 개의 방을 확인했고, 다시 101호부터 돌며 창문과 방문을 닫았다.

한 시간이 지나는 동안 시침도 한 시간을 이동해 있었다. 분명히 열두 바퀴였다고 생각했지만 별 수 없었다. 계단을 몇 번 오르내리는 것으로 시큰해지는 무릎처럼 시계도 어딘가 헐거워졌을 법했다.

수평선 너머가 밝아왔지만 구름이 껴서 해는 보이지 않았다. 잿빛 하늘 아래 검푸른 바다와 부서지는 하얀 포말. 그는 게스트하우스 입구를 쓸다가 잠깐 허리를 펴고 고개를 들었다.

그는 계단방으로 간소한 아침상을 가지고 들어가며 중얼거렸다.

"눈이 온다, 눈이 와."

정오가 되는 동안 눈송이는 굵어졌다. 그는 전등도 켜지 않고 1층 테이블에 앉아 있었다. 텔레비전 속 먼 도시의 뉴스와 코미디언들의 재담을 흘려들으며 창 너머로 가끔 지나치는 자동차들에 눈길을 줬다. 게스트하우스와 바다 사이 차도에 희끗하게 눈이 쌓이기 시작했다.

내일은 은혜가 오기로 되어 있었다.

명절도 생일도 기일도 아니었다. 그 애가 취업을 한 뒤로는 자연스럽게 그런 날에만 만나게 되었다. 자주 왕래하기 어려운 거리였다. 딸이 아버지를 방문하는 데 이유가 필요한 건 아니겠지만, 며칠 전 은혜에게서 연락이 왔을 때 그는 무슨 일이 있는 거냐고 물었다. 은혜는 별일 없다며 출발할 때 다시 연락하겠다고 말했다. 그는 운전을 조심하라고만 답했다. 운전을 하지 않는다면 서울에서 열차로 두 시간, 다시 시외버스로 한 시간, 그러고도 이십여 분을 걸어야 하는 번거로운 길이었으나 그는 딸의 운전이 미덥지 않았다. 몸집도 작은 애가 도로에서 시비라도 붙을까 걱정이었다. 시비로 그친다면 다행이지만 눈이 내려 미끌거리는 길에서는 더 큰 사고가 날 수도 있었다.

은혜는 경차를 몰았다. 취직을 하고 얼마 지나지 않아 덜컥 차를 사겠다고 했을 때 그는 딸의 씀씀이를 나무랐다. 어깨를 움츠리고 운전대를 쥔 그 애를 여러 밤 상상하다 차라리 돈을 보태줘서 준중형이라도 사게 했어야 한다고 후회했다. 굶지만 않는 형편이었지만 몇백만 원쯤은 변통할 수 있었을 것이다. 사실 그랬다 하더라도 그 돈을 은혜가 받았을 것 같지는 않았다. 그 전부터 조금씩 저축해온 돈을, 오래 모았다고 하기에는 많지 않은 돈을 은혜의 전셋값에 보태려 했을 때도 그 애는 이렇게 말하며 거절했다.

"등록금까지 내줬잖아. 난 아빠가 해줄 건 다 해줬다고 생각해."

그날 밤 그는 불을 끄고 누워 멀리서 들려오는 파도 소리에 이런 말을 얹었다.

"은혜가 다 컸네."

뉴스에서는 청년들의 취업난이 심각하다거나 취업을 안 하려고 한다거나 떠들었지만 은혜는 졸업을 하고 금방 회사에 들어갔다. 기업들이 물건을 잘 팔 수 있도록 인터넷으로 뭘 도와준다는, 딸의 말에 따르면 '아빠는 잘 모르는' 회사였다. 딸이 건넨 명함을 보니 회사 주소는 서울에서도 부촌으로 유명한 곳이었다. 그 비싸다는 땅에 있으면 허술한 회사는 아니겠거니 믿었다. 삼 년 동안 은혜가 별달리 문제를 토로하지 않았고 벌이도 괜찮은지 명절이면 얼마간 용돈도 주고는 했으므로 그로서는 마음을 놓았다.

이제는 은혜가 아니라 이쪽 사정이 문제였다. 겨울이라지만 2주째 숙박객이 없었다. 오늘도 내일도 예약 목록은 비어 있었다. 오랜만에 딸이 머무는데 손님이 없는 게 편하긴 했다. 일단 이번 주, 아니 겨울 뒤로 걱정을 미뤘다. 은혜는 또 202호에서 지내겠다고 했다. 편하기로는 1층이 편할 텐데 왜 202호를 좋아할까. 전망이 제일 예쁘다고 그 애가 말한 적이 있지만 그렇다면 나란히 붙어 있는 203호나 204호 전망과 다를 것은 무엇일까. 모두 같은 바다 방향으로 같은 크기의 창을 낸 네모난 방이었다. 나무나 가로등, 전깃줄 따위가 더 가리고 덜 가릴 전망도 아니었다. 사소한 각도 차이야 있겠지만 그게 그 애에겐 보이나. 내 아이지만 별나다니까. 어쨌든 내일 은혜가 오기 전에 202호를 청소하고 침구도 새것으로 갈아놔야겠다고 생각하던 때였다.

늙은 남자가 현관문을 열고 들어섰다.

어디서부터 걸어왔는지 낡고 짧은 검정 패딩 점퍼에 눈송이들이 축축이 달라붙어 있었다. 구부정한 자세였지만 키는 컸고, 팔다리까지 길어서 어쩐지 사마귀를 연상시켰다. 목까지 여민 점퍼 위로 삐죽 솟은 얼굴에는 주름이 가득했다. 그 부자연스러운 주름 탓인지 나이가 많다기보다는 노동의 더께가 쌓여 일찍 늙어버린 사람처럼 보이기도 했다. 평온한 표정이었으나 검푸른 낯빛 때문에 인상이 좋다고는 할 수 없었다. 여행객이라는 느낌은 아니어서 그는 사마귀에게 이렇게 묻게 되었다.

"어떻게 오셨어요?"

사마귀는 목을 빼고 실내를 훑어보며 대답했다.

"여기 예전에 여관 아니었습니까?"

80년대 후반 동해안이 피서지로 개발되었을 때도 이 해변은 중심지가 아니었다. 수심이 깊고 파도가 거칠어 해수욕장으로는 적절하지 않았고 특출난 경관도 없었다. 이름난 해변에서 방을 구하지 못해 떠밀린 가족들, 남의 시선을 피해 숨어든 연인들, 홀연히 나타나 혼자 갯바위에 앉아보는 사람들이 드나들었다.

그때 이곳은 은혜장이라는 이름의 여관이었다.

장사가 제법 되던 때도 있었으나 십수 년이 지나며

관광객은 줄어들었다. 특별히 볼거리도 먹을거리도 이야깃 거리도 없는 데다가 사람들은 더 이상 '둘러보거나 헤매다 가' 차에서 내리지 않았다. 재주 좋게 무슨 음식이며 거리를 내세워 유명해진 도시와 도시 사이, 여기는 그렇게 지나치는 곳이었다. 민박이나 식당, 건어물 가게 따위를 운영하던 주 민들이 하나둘 생계를 위해 내륙으로 이주했다. 그는 주저 했다. 결혼했을 때부터 아내와 일군 여관을 헐값에 넘기고 싶지 않았다. 망설이다가 때를 놓쳤고 그때부터는 경기 호 전이라거나 고속철도 부설 같은 막연한 낙관을 주워섬기며 버텼다.

상상했던 형태는 아니었지만 변화가 생겼다. 서핑을 한다는 젊은 애들이 여관으로부터 백여 미터 떨어진 윗목에 드나들기 시작한 것이다. 처음 사오 년은 몇몇이 모여 놀고 있는 것으로밖에 보이지 않았으나 곧 형형색색으로 칠을 한 서핑숍과 술집이 들어섰고 여름이면 젊은 애들로 부글거리 게 되었다. 성수기에는 그의 여관까지 숙박객이 밀려왔다. 그는 파도를 배를 뒤집거나 사람을 삼키는 것으로만 알았고, 그렇게 영영 사라진 누구네 삼촌들의 성씨를 기억했다. 파 도가 돈이 되리라는 생각은 해본 적이 없었다. 물이 들어올 때, 아니 파도가 들어올 때 노를 저어야 할 것 같았으나 정확 히 무엇을 해야 할지는 알 수 없었다. 그때 고등학생이었던 은혜가 비타민 캔디를 와그작 씹으며 말했다.

"아빠, 솔직히 여관은 좀 그래."

부족한 게 많았을 텐데도 내색 않고 자라준 아이였다. 저 애의 똑똑함은 이 벽지에서는 귀하다고, 저 동그란 머리 안에는 제 엄마로부터 물려받은 작고 빛나는 무언가가 있다고 그는 자주 느꼈다.

"대학생들은 게스트하우스에 많이 간대. 유럽이든 어디든 말이야."

그는 게스트하우스라는 단어 자체가 생소했지만 하루가 다르게 펍이며 라운지 같은 낯선 이름의 가게들이 들어서고 있었다. '장'보다는 '게스트하우스'가 그것들과 어울려 보이긴 했다. 오래 거래한 신용금고를 찾아갔다. 쉽지 않은 절차를 지나 그는 막 사원이 된 듯한 젊은 남자 앞에 앉았다. 그 청년이 깨알 같은 글씨로 가득한 서류 몇 장을 내밀며 이곳과 저곳에 서명을 하라고 했다. 은혜가 보여주는 사진을 참고하고 업자를 섭외해 실내 공사를 시작했다. 공임도 아낄 겸 부지런히 움직이며 인부들과 오래된 가구를 들어내고 묵은 벽지를 뜯어낼 때는 설레기도 했다. '앤틱'해서 좋다며 은혜는 괘종시계는 계속 두자고 했다. 그는 괘종시계를 처분할 생각은 해본 적이 없었다. 이건 시계고 아직 시간을 잘 표시하지. 가끔 품이 들 뿐. 아내도 이 시계를 엉뚱한 곳으로 보내는 걸 원하지 않을걸. 1층 구조를 바꾼 탓에 시계 위치가 마뜩지 않았고 결국 전보다도 더 눈에 안 띄는 구석에 세워야 했다. 빈 공간을 채우는 데는 요긴했다.

실내외를 그럴듯하게 꾸미는 건 차라리 쉬웠다. 영업 방식도 바꿔야 한다는 게 난관이었다. 시외버스 터미널이나 면사무소에 비치된 관광 지도를 펼쳐서 전화를 거는 사람은 이제 없었다. 예약 시스템이 포함된 홈페이지를 지인 몇을 건너 알아낸 업체에 의뢰했다. 사기가 아닌가 의심스러울 정도로 비싼 값이었다. 은혜가 홈페이지를 보고 끄덕거렸다.

"없는 것보다는 낫지."

그렇게 은혜장은 은혜게스트하우스가 됐다.

처음 삼사 년은 호조였다. 공사비를 회수하고 서울로 대학을 간 은혜의 등록금과 방세를 댔다. 늦은 여름 은혜가 대학 친구 다섯을 데리고 온 적이 한 번 있었다. 아이들은 위쪽 해변에서 서핑을 배우다 해 질 녘에 모래를 묻히고 돌아왔다. 여자애들과 남자애들이 각자의 방에서 씻는 동안 그는 드럼통에 숯을 깔고 불을 피웠다. 고기와 술을 먹고 밤의 해변으로 나가는 아이들. 타들어가는 불꽃을 손에 쥐고 밀고 뛰고 흩어졌다 모이며 터뜨리는 웃음. 바닷바람이 그가서 있는 창가까지 웃음소리를 실어 날랐고, 그날 밤 그는 오래전 잊었던 여행의 기분으로 잠에 들었다.

은혜를 뒷받침해야 하는 고비를 넘긴 게 다행이라면 다행이었지만, 해가 갈수록 숙박객은 조금씩 빠져나갔다. 해변은 오히려 더욱 붐볐다. 더 많은 서핑숍과 카페, 술집과 숙박업소, 간판만으로는 무슨 업종인지 알기 어려운 건물들이 들어섰다. 쿵쿵거리는 음악과 색색의 네온, 밤도 없이 환해진 해변에서 그의 게스트하우스에는 불 꺼진 방이 늘어났다. 비싼 돈을 준 홈페이지에도 방문자 수가 눈에 띄게 줄었다.

"이제 홈페이지가 아니라⋯⋯."

은혜가 사진을 더 편하게 올릴 수 있다며 휴대 전화에 무엇을 깔아주고 사용법을 알려줬다. 그는 눌러야 하는 것과 누르면 안 되는 것을 구분하기 어려웠고 나중에는 그냥 알아들었다는 시늉을 했다. 취업을 해서 바쁠 은혜에게 계속 기대기도 어려웠다. 결국 기본적인 정보만 올려둔 채 방치하게 되었다. 그는 뭔가를 찍어보려고 인조가죽 케이스를 열고 휴대 전화 카메라를 켤 때가 있었다. 빈방에 스며든 아침 햇살. 반짝거리는 모래에 반쯤 파묻힌 불가사리. 빗물이 흘러내리는 유리창으로 보이는 바다. 깊은 밤 가로등 아래 앉은 새. 옥상에서 스티로폼 상자에 담아 키우는 채소들. 해변을 오가는 헐벗고 분방한 젊은이들이 좋아할 만한 게 무엇인지는 알기 어려웠다.

게스트하우스에서 걸어서 오 분 거리에 있던 집을 판 것은 재작년이었다. 쑥색 페인트는 벗겨졌고 빗물받이에는 녹이 슬었지만 그가 아내와 살림을 차리고 은혜를 낳아 키운 집이었다. 서울에서 왔다는 예의 바른 청년은 후한 값을 불렀다. 리모델링을 해서 카페를 열 거라 했다. 선뜻 계약서를 쓰지 못하고 고민하다 어렵게 은혜에게 말을 꺼냈을 때 전화기 너머에서 그 애는 말했다.

"아빠 집이니까 아빠 편한 대로 하면 되지."

그는 세간을 다 처분했다. 냉장고도 세탁기도 게스트하우스에 있는 것을 쓰면 그만이었다. 누비이불과 목침, 플라스틱 행거, 아내가 화장품을 담아 두던 작은 협탁은 게스트하우스의 계단방으로 옮겼다. 계단방은 2층으로 올라가는 계단 밑 유휴 공간에 가벽을 쳐서 만든 방으로, 본래는 창고였으나 이제는 그의 집이었다.

십여 년 전까지 여관이었다고 그가 대답하자 사마귀가 말했다.

"사장님도 그때 바뀌었나 봅니다."

그는 여관일 때부터 지금까지 자신이 영업을 하고 있다고 말했다. 사마귀는 의아한 눈치였다. 언제 방문했었냐고 묻자 사마귀는 구체적인 연도를 댔다. 이십 년도 훌쩍 지난 과거였다. 당시라면 서너 개의 여관이 듬성듬성 있었다. 비슷비슷한 콘크리트 건물이었으므로 그는 사마귀가 다른 여관과 혼동하고 있으리라 생각했다.

"신혼여행이었습니다. 늦었습니다만……"

무엇으로부터 늦었다는 것인지는 알 수 없었으나 이

삼십 년 전에는 동해안으로 신혼여행을 오는 일이 흔했다. 웨딩 카도 없이 한복을 입은 채로 시외버스에서 내리는 부부들. 형편이 좋은 이들은 관광호텔로 갔겠지만 대개는 여행 자체가 호사인 시절이었다. 간혹 땀에 젖어 커다란 가방을 입구에 내려놓으며 멋쩍어하는 신혼부부들이 있기는 했다. 저희가 막 결혼식을 하고 왔거든요. 그럼 그는 남아 있는 방 중에서는 좋은 방을 줬다. 먼저 말해 오기 전까지는 숙박객이 무슨 사이인지 알 수 없었고 묻지도 않았다. 지폐 몇 장을 받고 열쇠를 줄 뿐이었다. 아무도 모르게 밤을 지내고 떠난 부부도 많았을 것이다. 눈앞의 늙은 남자가 그중 하나였다고 해서 이상한 일은 아니었다.

"204호였을 겁니다. 가능하면 같은 방에 하루 묵고 싶습니다."

게스트하우스로 구조를 바꾸며 방 번호도 다시 붙였다. 그는 기억 속의 계단을 오르고 복도를 둘러보았다. 왼쪽으로 첫 번째, 두 번째. 사마귀가 말하는 204호는 지금의 202호였다. 그걸 구구하게 설명해야 할까. 방 내부의 가구며 장식은 전부 변했을뿐더러 바다 쪽으로 창이 난 사각형의 방이라는 것은 202호나 204호나 똑같았다. 애초에 사마귀가 지냈던 여관이 정말 여기였는지도 불분명했다. 사마귀가 기억하는 게 단지 숫자일 뿐이라면 그냥 204호를 주는 게 매끄러웠다.

게다가 202호는 은혜에게 예약된 방이었다. 은혜가 오는 건 내일이지만 그 애의 몫으로 비워두고 싶었다.

그는 카운터에서 204호 열쇠를 꺼냈다.

"그때랑은 방이 다르긴 할 거예요."

사마귀는 현금으로 하루치 숙박비를 치렀다. 열쇠를 들고 계단을 오르는 사마귀의 등에 투박한 가방이 매달려 있었다. 학생들이 멜 법한 책가방으로 늙은이에겐 어울리지 않았다. 어깨를 짓누르는 모양새가 꽤나 무거워 보였다. 그는 어쩐지 측은함을 느끼면서도 은혜가 오기 전에 사마귀가 떠나기를 바랐다.

그리고 종일 사마귀를 다시 볼 수 없었다. 근처 식당에 대해 물어오지 않았고 수건이나 일회용품을 요청하지도 않았다. 그는 2층에 올라가 복도를 걷다가 슬쩍 204호 문 앞에서 귀를 기울여봤으나 어떤 소리도 들을 수 없었다. 그가 주방에서 냉장고를 뒤적거리고 마른반찬으로 요기를 하는 동안 사마귀가 나갔다 들어왔을지도 모를 일이긴 했다. 그는 제집의 방 한 칸에 알지 못하는 손님이 들어앉아 알지 못하는 짓을 하고 있는 듯 불편했다. 하지만 여관으로부터 게스트하우스까지 삼십 년 동안 모든 손님은 모르는 사람이었다. 여관 주인한테 불청객이 어디 있담. 나이가 드니 별 게 다 민감해지네. 그는 고개를 저으며 주방에 서서 생닭에 칼을 찔러 넣었다.

은혜는 토막 낸 닭과 몇 가지 푸른 야채를 끓여 소금과 후추로만 간을 한 음식을 잘 먹었다. 아내가 즐겨하던 요리였다. 아내는 그것이 닭곰탕도 닭백숙도 하얀 닭볶음탕도 아니라고 주장했다. 내일 저녁은 닭이야, 하면 그 요리였다. 뽀얗고 뜨끈한 국물을 먹으면 속이 따뜻해졌다. 아내가 누워서 지내게 된 뒤로는 그가 요리했다. 은혜는 쪼로록 국물을 마시고는 말했다.

　"꽤 비슷한데?"

　보는 것만으로 포근해지는 그 요리를 만들기 위해서는 끈적한 지방 덩어리가 들러붙은 닭의 사지를 썰고 핏물을 빼야 했다. 그는 누군가를 먹이려면 피를 봐야 한다는 사실을 도마 앞에 서서 뒤늦게 배워갔지만 그 기분이 싫지는 않았다. 어린 시절 지냈던 포구를 떠올리면 비릿한 피 냄새. 해진 운동화 밑에서 미끌거리던 생선 내장. 줄지어 앉아 묵직한 칼로 생선 머리를 내리치던 어른들. 그 많은 생선 대가리들은 어디로 갔는지 모를 일이었다.

　손질한 닭에 밑간을 해 냉장고에 넣고 보니 창밖이 어둑했다. 한겨울이라 해가 짧았다. 일찌감치 불이 들어온 가로등 아래로 굵은 눈송이들이 가라앉고 있었다. 스노우체인을 감은 빨간 지프차가 쌓인 눈을 밟으며 천천히 지나갔다. 카오디오의 둥둥거리는 소리가 위쪽 해변을 향해 멀어졌다. 겨울에는 큰 파도가 여름보다 많이 왔다. 풍랑 주의보가 발령되면 입수 신고서를 내야 했다. 기꺼이 위험을 감수하는 구릿빛 얼굴의 젊은이들이 있었다.

그가 틀어놓은 일일연속극 화면 하단에 지역 방송에서 내보냈을 자막이 흘렀다. 해양 활동에 주의하시길 바랍니다. 그리고 음식을 가득 차려놓은 식탁에 둘러앉은 삼대. 한 시절 육체파 미남 배우였으나 이제는 사생아를 둔 회장님을 주로 연기하는 배우. 가업의 승계를 두고 고심 중인 할아버지가 하는 말. 식사들 하자.

그는 테이블 맞은편 빈자리를 봤다. 내일 저기에 은혜가 앉아 있겠지. 나를 놀라게 할 이야기를 할지도 몰라. 그애도 이제 서른이 코앞인걸. 연속극이 끝난 뒤 이어진 뉴스를 보다가 텔레비전을 껐다. 적막한 실내. 철컥거리는 시계추. 시침은 열 시에 닿기 전이었고 2층에서는 아무 기척이 없었다. 그는 계단방으로 들어가 잠을 청했다.

혼몽한 가운데 계단을 내려오는 발소리가 들렸다.

그는 누운 채로 귀를 기울였다. 발소리는 방문을 지나 1층 복도로 멀어지다가 멈췄다. 머리맡에 둔 휴대 전화를 보니 자정이 못 된 때였다. 그는 추위를 느끼며 조심스레 방문을 열고 나왔다.

어둠 속에서 사마귀가 우두커니 괘종시계를 보고 있었다. 좁은 어깨에 앙상한 다리. 러닝셔츠와 사각팬티만 입은 모양새가 자기 집 거실에 서 있는 사람처럼 보여서 도리어 이쪽에서 자리를 피해줘야 할 듯한 기분이었다.

"여기가 맞습니다."

괘종시계의 초침이 눈금에서 눈금으로 떨어지는데 사마귀가 말했다.

"그 사람을 방에 두고 나왔는데, 그때도 이 시계를 봤습니다. 이 이파리와 새 두 마리 그리고 여기에⋯⋯."

사마귀가 유리 위 글자들을 가리켰다.

"축 결혼."

그 글자들이 반짝거렸던 시절이 있었다. 사마귀는 어떤 생각에서인지 도리질을 하고는 계속 말했다.

"그때는 이게 우연 같지 않았지요. 잘될 것 같았고, 잘할 수 있을 것 같았습니다. 초침처럼 한 칸 한 칸, 시계추처럼 침착하게 살 거라고요."

그는 대꾸를 해야 할지 망설여졌다. 섣불리 무엇을 물었다가 어둠 속에서 속옷만 입은 타인의 사연으로 초대받고 싶지 않았다. 우물쭈물하고 있을 때 사마귀가 으흐흐, 하고 웃더니 고개를 돌려 그를 보며 물었다.

"딸이 있지 않으십니까?"

그의 잠이 달아났다.

"어떻게 아셨죠?"

곧바로 그는 후회했다. 없다고 대답했어야 한다고.

사마귀가 "기억이란 게 신기하네요." 하며 느릿느릿 운을 떼는 동안 그는 은혜가 이런저런 심부름으로 여관을 드나들었던 날들을 떠올렸다. 가끔이지만 카운터 옆에 앉혀 놓고 밥을 먹이거나 늦게까지 숙제를 봐주는 날도 있었다. 1층이라면 오가며 마주친 손님들이 있을 법했다. 사마귀는 빙글거리는 표정으로 말을 이었다.

"괜한 기분에 시계를 보고 있는데 누가 뒤에서 아저 씨, 하고 부르는 겁니다. 열 살이나 됐을까 싶은 여자애였습 니다. 야무져 보이는 애였지요. 제게 말하기를……."

자정. 시침과 분침, 초침이 한자리에 모였다.

"아저씨, 그 시계 안 맞아요."

맨살을 드러낸 늙은 사내가 흉내 내는 열 살 여자애 의 목소리.

"아저씨, 그 시계 안 맞아요…… 으흐흐."

종소리도 없이 시곗바늘들이 다시 각자의 속도와 거 리로 미끄러졌다.

그는 깜깜한 방으로 돌아와 눕고 나서도 한참을 깨어 있었다. 규칙적인 움직임으로 좌우를 오가는 시계추를 떠올 리면 잠이 올 것 같았으나 도리어 철컥거리는 소리가 크게 들리는 듯했다. 기억이란 한번 열쇠를 꽂고 태엽을 감으면 줄줄이 흘러나오는 것일지도 몰랐다. 축 결혼. 축 결혼. 신 혼여행은 서울이었다. 63빌딩이 개장되고 얼마 지나지 않은 한여름. 바닷가 사람이 무슨 수족관 구경일까 싶었지만 아내는 살아서 헤엄치는 색색의 물고기들을 신기해했다. 생선이랑 물고기는 다르다고 말했던가. 전망대에서도 그 사람은 창 앞에 오래 붙어 있었다.

"시원해. 가슴이 트이는걸."

아내는 이렇게 높은 데에 언제 또 올라오겠냐며 사진을 찍자고 했다. 카메라를 목에 건 사진 기사들이 명소마다 어슬렁거리던 시절이었다. 눈 감으면 코 베이는 곳 같은 말을 여러 번 들었기 때문에 내키지 않았다. 돈만 받고 사진을 보내주지 않으면 그만 아닌가. 밥이나 먹으러 가자고 아내를 타박했다. 그때는 그게 현명하다고 생각했고, 서울 공기가 좋지 않아서 아내가 기침을 하는 줄 알았다. 그리고……차창 밖으로 멀어지는 63빌딩을 보며 그 사람은 이렇게 말하지 않았나.

"63빌딩. 기도하는 손처럼 생기지 않았어?"

아내는 정말 높은 곳으로 갔다. 은혜가 아홉 살 때였다.

그런데 아내가 정말 그런 말을 했던가. 그는 이불 속에서 뒤척거리던 몸을 다잡아 반듯하게 누웠다. 두 손을 가슴과 배꼽 사이에 가지런히 포갰다. 온기 한 줌이 두 손 아래로부터 배 속으로 퍼졌다. 관 속에 잠든 사람에게도 그만큼의 온기는 있을 거라고 믿어야 했다.

"오늘은 눈이 왔지."

돌아보면 우스운 일이 있었고 울적한 일이 있었다. 정말 있었을까 싶은 일들과 정말 없었을까 싶은 일들, 이제는 물어볼 사람이 없는 일들이 있었다.

"내일은 은혜가 온대."

기억인지 꿈인지 모를 잔상이 흩어지는 사이 밤이 갔다.

괘종시계는 여섯 시를 가리켰다.

그는 101호부터 208호까지 문을 열고 방을 살피고 환기를 했다. 사마귀가 묵고 있는 204호는 열 수 없었다. 문 너머는 고요했다. 해가 뜨기도 전이었으나 그는 2층 복도를 오가며 기척을 냈다. 사마귀의 잠을 깨우고 이 집에서 내보내고 싶었다. 퇴실 시각까지 네 시간은 남아 있었지만, 그는 1층에 앉아 텔레비전을 크게 틀고 계단을 흘끔거렸다. 아침 방송 출연자들은 박수를 치며 웃었다. 손수건으로 눈물을 닦았다. 시뻘건 매운탕을 떠먹고 감탄사를 뱉었다. 세상에는 여러 일이 일어났고 방문을 열었을 때 무엇을 보게 될지는 알 수 없었다. 이를테면 허공에 매달려 시계추처럼 흔들리는 몸뚱이. 삼십 년 동안 객실에서 자살한 손님이 없었다는 것은 행운이었다.

창밖이 밝아왔다. 눈은 그쳐 있었다.

사마귀는 어제와 같은 차림으로 계단을 내려왔다.

"잘 있다가 갑니다."

현관을 나가는 사마귀의 등에 대고 그는 안녕히 가시라고 말했다. 곧바로 2층으로 올라갔다. 204호 문은 닫혀 있었다. 그는 차가운 문고리를 잡았다.

방은 깨끗했다.

반듯하게 개어 놓은 침구. 가지런히 묶인 커튼. 리모컨도 옷걸이도 제자리에 있었다. 휴지통조차 비어 있었다. 난방도 하지 않았는지 방금까지 사람이 지냈다기에는 냉기만 감돌았다.

그리고 창가 탁자 위에 화분처럼 놓여 있는 검은 비닐봉지.

아무 가게에서 아무것이나 담아줄 법한 평범한 비닐봉지였다. 축구공만 한 크기였는데 주둥이를 단단히 조여매서 안에 무엇이 들어 있는지는 알 수 없었다. 별다른 냄새가 나지 않았다. 내용물을 확인하려면 봉지를 찢는 수밖에는 없어 보였다. 숙박객이 쓰레기를 방에 남기는 경우는 흔했지만 그 봉지는 께름칙했다. 매듭을 쥐고 조심스레 들어 올렸을 때, 그는 그것을 반드시 돌려주고 싶어졌다. 보기보다 묵직했고 물기가 있는 듯 아래가 살짝 출렁거렸다.

그는 봉지를 든 채 현관을 뛰어나갔다. 밤사이 쌓인 눈으로 온통 하얬다. 아무도 없는 집에서 가구들을 덮는, 혹은 죽은 사람의 표정을 감추는 하얀 천. 멀리 아래쪽 해변을 향해 갓길을 걷고 있는 사마귀의 뒷모습이 보였다. 사마귀를 따라잡으려고 그는 뛰었다. 슬리퍼를 신은 발이 눈밭에 빠졌다. 양말이 축축해지는 건 개의치 않았으나 봉지가 터지지 않도록 조심했다. 손님. 가쁜 숨을 뱉을 때마다 하얀 입김이 피어올랐다. 잠깐만요. 사마귀가 걸음을 멈추고 뒤를 돌아봤다. 그는 숨을 고르며 봉지를 내밀었다.

사마귀가 잠시 봉지를 보다가 말했다.

"저는 가져가지 않을 겁니다."

그는 자기가 제대로 들었는지 혼란스러웠다. 사마귀가 머리 하나 위에서 그를 내려다보며 말을 이었다.

"만약에 말입니다. 제가 정말 가져갈 생각이 없다면, 받아 들지 않는다면, 그걸 어떻게 제게 주시겠습니까? 제가 받지 않을 건데."

검푸른 얼굴에서 주름들이 파도처럼 깊은 고랑을 만들며 물결쳤다. 웃음 짓는 입술 사이로 삐뚤빼뚤한 치열이 드러났다. 제멋대로 박힌 이의 군데군데가 갯바위처럼 까맣게 썩어 있었다.

"아니 그래도……." 하며 반문하려 했으나 그는 무슨 말을 해야 할지 알 수 없었다. 사마귀가 점퍼 주머니에 감춘 두 손을 빼지 않는다면, 빼더라도 꼭 쥔 주먹을 펼치지 않는다면, 혹은 반대로 모든 손가락을 뻣뻣하게 펼쳐버린다면, 무슨 수로 이 봉지를 쥐여줄 수 있을까.

그를 두고 사마귀가 돌아서며 말했다.

"깜빡한 거라고 쳐주십시오."

머리카락이 듬성듬성한 뒤통수가 멀어졌다.

그는 자신의 손에 매달린 검은 비닐봉지를 봤다. 그리고 발치에서 눈에 묻혀 있는 벽돌 하나를 봤다. 뒤통수를 후려치기. 눈밭에 피를 조금 튀기면 저 검정 패딩과 왠지 어제보다 홀쭉해진 가방을 빼앗을 수도 있었다. 주둥이를 벌리고 썩지 않은 치아를 뽑아서 차지할 수도 있었다. 하지만 가져가지 않겠다는 검은 봉지를 사마귀의 손에 돌려줄 방법은 없었다.

사마귀의 구부정한 등이 새하얀 풍경 속으로 희미해졌다.

냉장고에 넣어 둔 닭을 꺼내야겠어. 두 시간은 기름기를 걷으며 끓여야 하니까. 채소의 흙을 씻어내고 먹기 좋은 크기로 썰어야지. 먼저 202호에 가습기를 가져다 놓고 보일러를 켜둘까. 그 전에 은혜에게 전화를 걸어서 언제 출발하는지 물어야겠는데. 하지만 아직 자고 있을지도 몰라. 아무래도 양말부터 갈아 신는 게 좋겠어.

하늘이 맑았다. 눈밭은 하얬고 바다는 파랬다. 음식 냄새를 피우고 이야기를 나누고 싶은 날이었다. 미안한 일에 사과하고 고마운 일에 인사하기. 마주 앉아 밥을 먹고 나란히 서서 사진 찍기. 그러려면 때맞춰 울리는 알람이 필요하다는 느낌. 한 시에는 한 번, 열두 시에는 열두 번의 종소리가 울리도록. 돌아가면 오른쪽 태엽을 감아보고 싶었다. 열두 바퀴든 열두 바퀴 반이든. 그때 잘못 셌거나, 지금 잘못 셌거나. 아니면 그때는 열두 바퀴였는데 이제는 열두 바퀴 반이거나. 시계판 뒤에 무슨 장난과 음모가 있든 살아야 할 시간이 많았다. 어쩌면 서핑을 배울 수 있을 만큼 긴 시간이 있을지도 몰랐다. 왜 시도도 안 해봤을까. 나도 파도를 탈 수 있지. 그래, 나는 파도를 탈 수도 있어.

그는 그런 생각을 하며 검은 비닐봉지를 들고 눈 쌓인 갓길에 서 있었다. 나직한 바람에 비닐봉지의 표면이 파르르 떨렸다.

서핑 슈트를 머리까지 뒤집어쓴 곱슬머리와 근육질이 눈밭을 걸었다. 넘실거리는 바다를 몇 미터 앞에 두고 두 사람은 보드를 내려놨다. 근육질이 무릎을 꿇고 두 손을 모으더니 무엇인가 중얼거렸다. 곱슬머리가 뭐 하냐고 묻자 근육질이 눈을 감은 채 답했다.

"기도."

곱슬머리가 어깨를 돌리고 허리를 좌우로 까딱거리며 말했다.

"차라리 스트레칭을 하는 게 좋을걸."

근육질이 두 손을 한 번 맞부딪치고 결연히 일어나며

"넌 너무 건방져."라고 투덜거렸다. 곱슬머리가 근육질에게 장갑 낀 손을 내밀며 답했다.

"내가 파도에 휩쓸리면 네가 그분의 힘으로 날 구해. 만약 네가 위험해지면 내가 스트레칭의 힘으로 널 구할게."

근육질이 곱슬머리가 내민 손을 잡았다.

"오케이."

두 사람은 악수를 마치고 서핑보드를 들었다.

"그런데 저 사람은 뭐 하냐?"

멀리 길가에 검은 봉지를 들고 서 있는 사람이 있었다. 그는 두 사람을 보고 있는 것 같기도, 바다를 보고 있는 것 같기도 했다.

"몰라."

높다란 파도들이 정연한 주름을 이루며 밀려오고 있었다. 두 사람은 파도를 향해 성큼성큼 걷기 시작했다.

에 세 이

시계 1호, 2호, 3호

시계 1호, 2호, 3호

내가 혼자 지내는 집에 시계 세 개가 있다. 집 안에서 주로 머무는 위치와 시야각을 고려해 배치했다. 거실에서 책을 읽든 주방에서 음식을 만들든 침대에서 빈둥거리든 나는 세 개의 시계 중 하나쯤은 반드시 볼 수 있다.

시계 1호는 타원형의 초록색 탁상시계이다.

럭비공을 연상시키는 투박한 무늬에 조금 말랑거리는 고무로 마감되어 있다. 알람을 맞추면 요란한 멜로디를 연주한다. 많은 사람이 아침에 알람 시계를 부수고 싶어한다는 것을 고려하면, 럭비공처럼 거칠고 험하게 다뤄도 부서지지 않는다는 디자인 컨셉인 듯하다. 1호는 스무 살의 나와 함께 서울로 올라왔다. 모든 설레고 실망스러운 아침이 이 시계와 함께 시작됐다. 나는 십오 년 넘게 이 시계의 스누즈 버튼을 내려쳤다. 어느 날 그만 놓아주고 싶어졌고, 이 시계를 침대 옆 협탁에서 거실 책장 위로 옮겼다. 요즘은 책을 읽거나 글을 쓰다가 고개를 들어 이 시계를 보는 경우가 많다. 여전히 잘 작동하지만 이제 멜로디가 기억나지 않는다.

시계 2호는 원형의 은색 탁상시계이다.

2호는 1호를 퇴역 조치하며 새로 구한 기상용 시계이다. 집 앞에 있는 대형 마트에서 샀는데, 정말 알람 시계처럼 생겼다는 게 마음에 들었다. 딱 휴대 전화의 알람 아이콘 모양이다. 동물의 귀 같은 쇠종을 머리 위에 두 개 달고 있다. 때가 되면 작은 금속 망치가 경박하게 두 쇠종을 때리며 종소리를 낸다. 그야말로 알람 시계 소리다. 모양도 소리도 정직해서 좋다. 이 시계는 스누즈 기능이 없고 뒷면에 있는 알람 스위치를 내리는 수밖에 없다. 매일 아침 나는 이불 속에서 팔을 뻗어 이 시계의 알람을 끈다. 그리고 삼십 분 후에 휴대 전화 알람을 듣고 침대에서 빠져나온다.

시계 3호는 원형의 하얀색 벽시계이다.

3호는 지금 살고 있는 곳으로 이사하며 구입한 것이다. 서울에 온 뒤 처음으로 침대와 주방과 책상과 옷장 사이에 어떤 거리가 생겼고, 오며 가며 쉽게 확인할 수 있는 시계가 필요했다. 3호는 광장이나 대합실의 그것들처럼 여러 동선의 교차점에서 잘 보이도록 벽에 걸려 있다. 어른의 요리 접시처럼 큼지막한 하얀색 시계판에 검고 굵은 시침과 분침이 돌아간다. 숫자 역시 검은색인데 깔끔한 고딕 계열 폰트로 큼지막하게 인쇄되어 있어 시인성이 높다. 약속을 앞두고 잠에서 깬 몸을 씻고 옷을 입는 날이면 이 시계를 흘깃거리며 지각 위기를 가늠한다. 3호 시계의 특징은 무브먼트를 제외한 모든 부분이 종이로 만들어져 있다는 것이다. 환경을 고려한 것은 아니었다. 내 뜻대로 벽에 못을 박을 수 없는 형편이라 접착식 고리를 써야 했다. 최대 하중을 고려해 가벼운 벽시계를 찾다보니 종이 시계를 사게 되었다. 3호는 멈춘 적은 있지만 벽에서 떨어진 적은 없다.

시계 1호, 2호, 3호는 서로 조금 다른 시각을 표시한다. 일부러 다르게 맞춘 것은 아닌데 어쩌다 비교를 해보면 그렇다. 내가 침대와 욕실 사이, 책상과 냉장고 사이를 오가는 동안 지나간 시간이 돌아오고 약속된 시간이 없어진다. 때때로 나는 그냥 가만히 있고 싶어진다.

손보미

에세이

2009년 21세기문학 신인상을 수상하고, 약간 혼돈의 시간을 보내다가 2011년 동아일보 신춘문예에 단편소설 「담요」가 당선되면서 작품 활동을 시작했다. 소설집 『그들에게 린디합을』, 중편소설 『우연의 신』, 장편소설 『디어 랄프 로렌』 등을 출간했다. 제3회 젊은작가상 대상, 제46회 한국일보문학상, 제21회 김준성문학상, 제25회 대산문학상, 제45회 이상문학상 대상을 수상했다.

내 삶의 일부

나의 작업 루틴에는 단순한 원칙이 몇 가지 있는데, 그중 하나는 밤에는 절대 소설을 쓰지 않는다는 것이다. 정해둔 분량을 썼든, 못 썼든 해가 지면 더 이상 작업은 하지 않는다.

한번은 이런 일이 있었다. 꽤 오래전인데, 그즈음의 나를 떠올리면 계속 추위에 발을 동동 구르던 기억이 난다. 지나치게 차가운 공기, 뼛속까지 파고드는 추위, 얼얼해진 볼. 하지만 이건 사실이 아니다. 12월 호 마감이었으니까 소설을 쓰기 시작한 건 가을이었을 테고, 완성을 했던 건 11월이었다. 그즈음을 떠올리면 생각나는 다른 장면도 있다. 어두운 밤, 침대에 누워 잠들려고 노력하는 나의 모습. 마감은 다가오는데 소설이 너무 안 써져서 그 당시 나는 항상 초조함에 시달렸다. 이럴 시간에 한 글자라도 더

쓰려고 노력해야 하는 게 아닐까? 그런 생각을 했던 것 같다. 어느 날 나는 (함께 살고 있는) 물고기군 님에게 24시간 카페에 가서 소설을 써야겠노라고 말했다. 그는 그게 좋은 생각이 아닌 것 같다고 했는데, (역시 함께 살고 있는 고양이인) 고로와 칸트 역시 그의 생각에 동의한다는 듯 냐옹냐옹 울었다. 하지만 기어코 그날 밤, 나는 신촌에 있는 프랜차이즈 카페에 가서 소설을 썼다. 진척이 있었나? 전혀. 노란 불빛 아래, 커다란 공용 테이블에 앉아서 노트북 화면을 하염없이 바라보던 기억이 난다. 카페 한구석, 흡연실 문이 열렸다가 닫힐 때마다 참기 힘든 냄새가 났고, 약간은 절망적인 기분이 들었다.

카페를 나온 건, 새벽 네 시가 넘어서였다. 패배를 인정하는 마음으로 잡아탄 택시의 기사님이 다짜고짜 파티에 다녀오는 길이냐고 물었다. 파티요? 어안이 벙벙해진 채로 되묻자, 기사님은 오늘이 핼러윈(이제는 이 단어를 쓴다는 게 무척 괴롭다.)이잖아요,라고 했다. 아마도 대학 근처니까 핼러윈 파티에서 놀다가 새벽에 귀가하는 거라고 생각한 모양이었다. 평소 같았으면 그냥 네,라고 대답했을 것이다. 나는 평소에도 택시 기사님의 질문(예전에는 택시 기사님이 참 질문을 많이 하곤 했다. 그런 시절이 있었다.)에 진실로 대답한 적이 별로 없었다. 결혼을 안 했을 때에는 결혼했냐는 질문에 했다고 대답하고, 결혼을 한 후에는 안 했다고 하는 식이었다. 하지만 그날은 왠지 진실을 털어놓고 싶었다. 그래서 나는 일을 하다가 돌아가는 길이라고 말했다. 아니, 뭔 일을 이렇게 늦게까지 해요? 소설을 쓰다가요. 돌이켜보면 그게 (내가 누군지 모르는) 다른 누군가에게 나 자신을 소설가라고 밝힌 첫 번째이자 마지막 순간이었다. 그런데 뜻밖에 대답이 돌아왔다.

"아, 신춘문예 같은 거 준비하시는구나?"

어째서 그런 식으로 추측했는지는 알 수 없는 노릇이다. 나는 잠시 가만히 있다가 결국 그렇다고, 공모전을 준비 중이라고 했다. 택시에서 내릴 때 기사님은 이렇게 새벽까지 노력하니까 꼭 소설가가 될 거라고 말해주었다. 나는 감사하다고 말했다.

집에 돌아와 침실 문을 여니까 물고기군 님은 깊게 잠들어 있었고, 칸트는 깬 것 같았지만 꼼짝도 하지 않았다. 고로가 나를 보고 야옹, 하고 울었다. 나는 거실의 작은 등을 켜고 소파에 앉았다. 나의 삶을 이루고 있는 것이 무엇인지 약간은 선명해진 순간이었던 것 같다. 물고기군 님과 고로와 칸트는 나를 행복하게 만들어주기도 하지만 성가시게 하기도, 때때로 화나게 하기도 한다. 나를 세상에서 가장 기쁜 사람으로 만들 수도 있지만, 가장 슬픈 사람으로 만들 수도 있다. 나를 만족시킬 수도 있지만, 때때로는 실망시킬 것이다. 그리고 그건 소설도 마찬가지였다. 그 전까지 인정하지 않았지만, 소설은 내 삶의 일부였다. 그건 소설이, 소설을 쓰는 행위가 언제나 나를 만족시킬 수는 없다는 의미이기도 했다. 그것에 실망할 준비가 되어 있어야 했다. 그리고 아무리 실망한다 하더라도 그것을, 소설 쓰는 행위를, 내 삶에서 그저 떨구어

낼 수 없을 것이다. 그날 새벽, 물고기군 님과 고로와 칸트가 잠들어 있을 침실 방문을 바라보며 나는 그런 생각을 했다.

아니다, 이건 사실이 아니다. 그런 생각을 하게 된 건 더 많은 시간이 지난 후의 일이다. 그날 나는 재빠르게 샤워를 하고, 잠옷으로 갈아입은 후 침대 위에 물고기군 님과 고양이들 사이에 누웠다. 소설은 뭐 어떻게든 완성되겠지,라는 생각을 하며. 그리고 다음 날 오후 늦게까지 쿨쿨 잠을 잤다. 물론 소설은 어떻게든 완성되었다. 그 소설은 엉망진창이었고, 형편없는 소설을 썼다는 사실 때문에 어쩔 수 없이 나는 조금 실망했다. 하지만 이제 나는 안다. 나를 아무리 실망시켰더라도 그건 분명히 나의 소설이라는 것을. 그게 내 삶의 일부라는 것을.

이 책을 후원해주신 분들

—

강상준
게으른 우보만리
공준표
권계숙
권해진(래소한의원)
그럼에도 불구하고
김경민
김계피
김고운
김나연
김다인
김대욱
김선진
김신
김예리
김우진
김장미
김주원
김지은
김충현
김호산

—

도깨비공방

—

박민지
박세미
박숲
박지지
박지혜
배중재
배현숙
백수영
비포어던

—

살구
서다현
서리파이팅
송경혁

신수인
신정희
심바누나는짱이될거야

—

안지영
알파카
양귀진
오상윤
오승근
오현주
오현진
유문숙
유승희
유재현
유지은
윤연옥
윤유경
이경수
이미경
이병규
이성미
이아론
이정옥
임수지
임효진

—

장가람
전유진
전진
전혜비
정귀형
정다희
정신애
정원미
정윤지
조수석에 앉은 사람
좋아해
주소영

지나가는나그네H
지완
진유정

—

최경후
최수웅
최완석
최은하
최진형
쵸쵸리
추장호
추희윤

—

클라라df

—

한고은
혜원

—

외 39명 총 124명

「두 번째 원고」
알라딘 북펀딩에
참여해주신 모든 분들께
감사드립니다.

두 번째 원고

2023년 1월 4일 1판 1쇄

지은이	함윤이 임현석 유주현 박민경 김기태
편집	김태희 장슬기 윤설희 최경후
디자인	신종식
제작	박홍기
마케팅	이병규 양현범 이장열
홍보	조민희 강효원
인쇄	천일문화사
제책	J&D바인텍

펴낸이	강맑실
펴낸곳	(주)사계절출판사
등록	제406-2003-034호
주소	(우)10881 경기도 파주시 회동길 252
전화	031)955-8588, 8558
전송	마케팅부 031)955-8595, 편집부 031)955-8596
홈페이지	www.sakyejul.net
전자우편	literature@sakyejul.com
트위터	twitter.com/sakyejul
인스타그램	instagram.com/sakyejul

© 함윤이 임현석 유주현 박민경 김기태 2023

ISBN 979-11-6981-107-1 03810